KB112774

꿈을 꾸지 않기로 했고
그렇게 되었다

꿈을 꾸지 않기로 했고
그렇게 되었다

권민경 시집

민음의 시

296

민음사

내가 살아 있어서 사라지는 게 많다.
내가 살아 있어서 생겨나는 게 많다.
죽음과 사랑은 반대말이 아니지만, 그 사이에 뭐가 많다.

2022년 3월
권민경

차례

3부 나와

4부 같은

1부

병

빈 하늘에 기도문

태어나 버렸다
기왕,

입을 크게 벌리고 이야기한다

그걸 진심으로 믿는 사람에게 다가갈 거야
진심을 진심으로 읽지 못하는 사람은 영원히 알지 못하고

괴로움과 고단함을 지우기 위해
스스로 돋아났다 날아올랐다 얌얌이야 저기 날아가는
얼굴에서 들려오는
소리

얌 얌 얌 얌
야무지고 억척스럽게

살아남았다

새해

어떤 사람의 해가 뜨는 동안
어떤 사람의 해는 진다

믿기지 않아

태어난 지 너무 오래되었고
죽을 나를 나는 모르고

시작과 끝은 외부의 힘에 의해 결정되는데

자전
공전
심술 난 이공계생

인생의 목표가 겨우 교수라니 넘 시시하지 않니?
깔깔 웃고 흩어진다
심술 난 수료자들

동짓날

가장 사랑하는 교수님께 편지를 쓴다

선생님 선생님 때문에 시인이 되었습니다
시인 되었?습니다
겨울의 달처럼 떠 있는데
언제 지는 건지 다시 떠야 하는지
좀처럼 알 수가 없습니다

교수님도 모를 것이다
아는 척하는 사람들 틈에서

나는 뭘 믿어야 하지? 다 믿기질 않는데
해가 뜨고 진다는 것도
아기가 죽고 신이 있다는 것도
엄마아빠의 자식이며
나 자신의 몸을 움직이는 게 내 영혼이라는 것도

보이지 않는 날이 흘렀다
결국 그렇게 되었다

4월 30일

벗어 놓은 나 인사해 온다
안녕? 안녕해?
어때 보이니?
질문은 우리를 쓸데없는 공간으로 몬다
코너
짜부라지는 곳
지난날이 규칙적으로 지는 꽃잎처럼

그럴 때 있잖아 갑자기 분위기 싸해지고
왜, 귀신이 지나간다고 표현하는 순간
나는 나를 쳐다본다
그렇지 우린 학창 시절처럼
괴담에 밤을 새우지 담벼락에 걸터앉아
귀신 이야기하는 귀신으로 오해받고
머쓱함, 유쾌함이 범벅돼 웃지 슬픈 얼굴
미안 미안해요 지경의 교정 연극과 여학생
학교 터는 음기가 강하다
밤에 있을 곳이 못 되는데 자꾸
민통선을 넘나드는 여자

벗어 놓은 이야기는 아직 담벼락에

그러니까 지나간 우리
미안해
알던 사람처럼 느껴져서
못했던 사과를
가슴을 죄던 열망 멍청함과 솔직함
미숙한 주제 눈치는 빨라서
내가 벗을 나
였던 직전의 나
그런 것을 예감했다
귀신의 영역이라 생각하지 않고

지금 어디야?
네가 있는 곳
햇살, 악수, 핏줄이 비치는 손등,
비문증
휘몰아치네
꽃잎?

이야기—
쫓는다
그걸 잡으면
사랑을 이룬다는 미신
초자연적으로
사라지는 직전의 나들
껴안고 싶다
거기 없어서 정말
만

담담

엄마 괜찮아졌다고 생각하지 마 히키코모리 생활을 끝
냈다고 내가 다 나은 건 아냐 오늘 열심히 일하고 집에 돌
아오는 길
가슴을 찢을 거니까
괜찮아졌길 기대하는 맘 알겠지만 그러지 마 내 몸엔 점
이 여러 개 사람은 내장에도 점이 난다지 슬픔은 내부의
점 같은 것 그러니까 그냥 둘 수밖에

내가 누굴 만나 대우를 받고 선생님이나 작가님이라 불
려도 그대로
아마 교수 따위가 되거나 상을 타도 마찬가지일 거니까
그런 건 별로 중요하지 않은 거야 엄마

찢긴 마음은 꿰맬 수 있는 게 아니야 배나 목의 수술 자
국은 잘 아물었지 이제 이해든 반항이든 잊어도 좋을 나이
아빠가 수술대에 올랐을 때도 울지 않던 엄마는 내가 혹
뗄 땐 울었다 — 라는 걸 전해 들었다 나는 오래 마취되어
있었고,

같은 병동에 있던 아줌마가 나한테 잘해 줬는데, 뒤에선
재 껌 떼러 온 거래 — 비아냥거렸다는 것도 전해 들었다

그 후로 몇 번

서로 가만두면서 남은 시간을 소모하자 째깍째깍 퀴즈
시간 되면 터지는 폭탄처럼 우리
가족
오락관처럼
깔깔이란 의성어

나는 너희보다 일 잘하는데 약 먹는다고 뒤에서 수군댄
다며 무능한 주제에
까라고 해

그러니끼 엄마 몇 번의 수술보다 이려운 긴 찢긴 마음을
직시하며 빨간
광역버스를 타고 퇴근하는 늦은 오후 — 늦다
늦다는 쓸쓸함

뭐 그런 거니까 나는 그럭저럭 칭찬받고 추켜올려져도
똑같이 쓸쓸한 멍청이로 살아가다
수군수군 자와자와대는 소리처럼 사그라들 거야 원망도
없이 ― 늦다
늦된 나는
오늘도 무사히 내일은
덤
덤처럼

번개

아름다운 것을 보면 왜 가슴이 찢길까
내 것이 아니여서인가 보다
내 것이었다 해도 난 늘
찢어졌겠지만

낮엔 하늘을 가르고 번개가 쳤다
바라보자니 무서워졌다
죄가 많아서가 아니야 아름다워서
슬픔이
빈 하늘을 가른다

비었다는 것은 무언지
가슴이 가득 차오르고
다 못 채우고 찢어질 때

안에서 쏟아저 내린
동물의

애칭

부르면 깜빡
감았다 뜨이는 빛

죄 때문에 무섭진 않았지만
많긴 했다
갈린 배
막아도 쏟아지는 내장처럼 안에

사단법인 취업 지침

고통, 지금의 날 만든
고통? 싫어하는
말

굴곡 없이 살고 싶었다
하는 일에 막힘없고 콧방울이 복되고 미간이 깨끗
푸르고 어쩌고저쩌고
쳇

쉬어 빠진 김치, 쓰레기봉투를 찢던 짐승, 밤길에 마주친
어린 고양이에게 모두 철순이라는 이름을 붙였다

꼬셔지지 않은 삶처럼
엉망진창으로 나돈다
밤에

철순이 셋 철순이 넷 철순이 아홉 또다시 반복

누굴 탓하지 않지만

사랑하지도 않은 채
중간?
피곤해

길, 유목, 메뚜기 떼, 도래지
일산에서 안산으로 안산에서 성남으로
이런저런 곳 옮겨 다닐 뿐
영혼이 쫓아오지 못하는 곳에서 나는

겨울이 지나면 업둥이 대란*이 일어나는 고양이의 세계
처럼
스스로를 떼어 놓고
긴 사냥 떠나기

사냥에 대해서 묘사하자면 이틀 밤을 새도 모자르지 암
모자르고 말고 하는 ─ 꼰대의 자세를 버리기 위해 나는
지난 나를 미화하는 작업에 나서지 않고 정신 승리 없이
연 적도 없는 기념관의 문을 폐쇄합니다
영원히 수상자 없음

제1회 권민경 문학상

명예

여자

입천장에 달라붙는 쑥떡이라도 받아먹어야 했다 배곯은 어린것

꿩이나 멧돼지 같은 친한 사냥감들 떠나고 아 하나의 꿀 직장이 이렇게 문을 닫는구나

땡보 없는 삶

이어지고

철순이 여섯

* 번식철, 부모를 잃어버리거나 인간에게 납치당하는 갓난 고양이의 입양
과 보호를 비롯한 모든 사태를 이르는, 고양이(를 사랑하는 인간) 세계의
은어.

벽

전 세대가 몰락할 동안
나는 성루에 걸터앉아 구경
자 봐 불이 타오르고 있어
활활
그림자는 춤추는데
춤추는 사람이 없네
나는 발을 달랑거리며
연기를 바라봐

전 세대는 말했다
네 목소리를 내라 네 목소리
나는 분부대로 낮고 쉰
욕설 비속어 신조어 한글 파괴범
짓 하고 다녔는데
진짜?
이거 진짜?
말을 하는데
듣는 사람은 없네
커신?

신이 너무 많아서

성은 버틸 수가 없다

신은 세포분열하고

정자처럼 갈라진다

[갈라지는 모양은 엘리트 학생 대백과사전을 참조했다]

진짜 내 것?

일생을 거친 이미지의 홍수 속에

손을 넣어 휘휘 저으면

부러진 우산살 바람 빠진 축구공 정체불명 비닐 8

모아서

나열한다

네 목소리 내라

네 목소리

떠나지 않는 이명

전 세대는 망령이 되었고 춤춘다 도끼를 든 그림자 억지

로 쥐어짜는 성대 빨강
　　성문은 닫혔으니 갇힌 자들
　　즐겨 보자 다리를 달랑거리며

　　전 세대의 멸을 3
　　혹은 5로 예측한다

마 푸어 베이베

그는 시로 정신의 병을 고칠 수 있다고 믿었다, 그로 인해 내일도 살 수 있다고 믿었다, 법사의 미친 굿처럼 귀신을 잡으려 한다, 그러나 그의 시는 자신만을 고칠 수 있는 것, 자신이 자신을 다스리는 일, 이기적인 초자연,

그는 자신 안에 사는 사람의 손을 잡았다, 함께 시 안으로 들어갔다, 거기서 날뛰고 뒹굴다가 사람이 무아지경에 빠질 때 저 혼자 빠져나왔다, 시 안의 사람이 뒤늦게 자신이 갇혔다는 것을 알고 쿠와왕 쿵쾅쾅 시를 두들겼지만 빠져나올 수가 없었다, 꺼져, 꺼져 버려, 그는 깔깔 시원하다 곧 우울해졌다, 생물의 생식 능력, 무서워, 대를 이은 사람이 그 안에 살고 있다, 아무리 가두고 가두어도 개미처럼 늘어나고 민들레처럼 날아간다, 그의 내벽에 다닥다닥 들러붙는 사람들, 그는 좁은데 시는 무한대, 시는 키도 없고 내벽도 없고 질량도 없다, 언젠가 그는 그 안에 기생하는 얼굴들과 함께 시 안으로 들어가 영영 나오지 않을 것이다,

！예술가의 숭고한 희생 아니다, 위대한 시보다 자신을 더 사랑한다, 그가 시 안에 들어가 나오지 않는다면 자기 자신 때문이다, 자신을 다스린다, 시가 무한해 봤자 그릇, 내 정신을 가둔다면 결국 나한테 깨질 것, 내벽도 없는 시한테 들러붙어 시를 잡아먹을 예정, 우주를 잡아먹을 것, 너네는 영원히 놀리는 내 혀를 느껴야 할 것, 등 뒤의 기척에 돌아보면 아무도 없을 것, 기분 나쁠 예정이므로 나는 뱉은 말은 지킨다, 이 협박을 최종 무기로 내일도 살려고 오늘은 죽지 않고 여기에 내 애기무당 하나를 가둔다.

그 책

오른쪽으로 촤르르륵
검은색 흰색 검은색 흰색
반복되는

—

나는 늘 추모 중이라고 내 일은 모두 그런 거라고
11년을 누워 있다 세상을 떠난 열한 살 소녀의 장례식에
가며
깨달았어

종이에게 물려받은 감각 모든 페이지에서 검은 가지 뻗
어 나오고

나는 알아 버렸어 언제나 애도 중 그건 미래의 나를 위
힌 일 사라질 나를 예비하는 거라고

내 그림자가 빛을 사랑하는 게 무슨 소용 있겠어

가장 사적
구질구질하며
동시에 소중한

—

여기 기형도
란 이름 쓰고 곧이어
수민
이란 이름을 적는다

내가 가진 글자에 책임을 갖고
두려워하지 않으며
두려워하며

이 다큐멘터리는 가공되어 있다
빛과 그림자로 완성되고
당신을 무시하며 당신을 향해 있다

일평생 말을 잃었던 소녀에게 혀를 내주고
여기저기 검은 잎사귀 같은 단어 흩뿌리며
11쪽 30쪽 38쪽

위대한 시인의 이름과 잊고 싶지 않은 평범한 이름을 적
는다
아카이빙, 리스펙트, 애정 표현
도끼로 찍어도 넘어가지 않는
이름이 가득한

겨울과 겨울
여름이 아닌 것들을 넘긴다

1월 1일
날이 지며
검은 사람들 자꾸 산 속으로 몰려든다
세상의 모든 어머니들 앞에서
영원히 자식일 내가
미친년 건방진 년이라고 스스로 따귀를 갈긴다

—

촥촥

이것이 나만 할 수 있는 노래라고 거대한 이름들에게 속
삭였어

감히 다큐

손수건은 건조했고 내 페이지는 축축

넘어가지 못하고 달라붙어서 마주 보는 얼굴에 서로의
이름 새기고

물려받은 검은 가지

모든 당신들에게 뻗는다

우리가 마주친 곳은

—

왼쪽으로 촤르르륵

흰색 검은색 흰색 검은색

반복되는

철원

아프네?
검은 점이
깜박깜박
회색 점이 깜박깜박

나는 가슴이 미어지는 꿈을 꾸다 소스라치는데
이 밤
나 말고 많은 사람들
울고 있겠지
동물까지 포함하고 싶어서
미끄러지네 저 네발짐승 대리석 바닥을 허겁지겁 뛰어가

삶은 고난이라고 시니컬하게 말했지?
그런 너에게서 고통을 느낄 수 없었어
부러워서 고통스럽다

내가 점이라서
닮은 시선들
초식 동물의

눈 깜빡깜빡 켜지고

먼 곳을 바라보며 말한다
도화 시절이야
몸종이 받는다
그러신가요

긴 그림자
웃는 사람

여자처럼 우는 짐승

2018 예술인 심리상담 지원

그러니까
새가 널 버린 거야
나무가 널 버린 거야
참 나, 상상이나 되냐

별과 달이 떨어지는 게 아니라
네가 떨어져서
산산조각 난 거다

조각 조각 조각 조각 조각 조각 조각 조각
참 나, 몇 조각인지 셀 수나 있나
붓과 현미경을 들고 복원하려고 해도
결국 이 빠진 상태로 영원히 완성되지 못할 것

세상 말세 상상도 못할 테지만

매일이 이런 거야
매일이 그런 거야
매일이 매일이 매일이 매일이 매일이 너는 상상할 수 없

는 조각난 낮밤이
　뾰족하게 공격하는

　그런데도 살아 있는 거다
　떨어져서 조각
　불타는 대지 불타는 바다
　그런 풍경도 애로 사항은 안 되고

　중요한 건 내가……

　좆같이 부서져 있다는 거야

퇴근

아직도 철도 건널목
남아 있는 동네에서
집에 오는 데 한 시간 반
낯선 곳에서 낯선 곳으로 가끔 익숙한 곳도 지나

유난히 잘 보이는 빨간
불

나한테 개구리알 냄새나니?
왜 있잖아
비릿한
강아지, 땀, 오늘 겪은 일들
냄새나니?

양팔에 코를 대고 쿵
쿵

―전자키―빛―별자리―
손가락의 궤적을 따라

밤 안으로

내 별에선
이끼 냄새,
나니?

혹과 뿌리

뛰어내렸는데 그날부터 날게 되었다
제길 내 혹 같은 날개여

가장 괴로운 달
매년 기억하는 몸
마음은 따라

구술 채록:
……앓았어 누워서 하루 보내고 해질 무렵 의식적으로
기어 나왔다 바퀴벌레처럼 도망쳤다 현실서 죽일 이름 쓰
다 지우고 몸 한 바퀴 도는 피 다시 1년을 돌아

4
5
오랫동안 4 4 4 4 4 4 5
잔상을 남기며 길어지는 봄
빠르며 느리다

주광성 날벌레 비린 맛 날것 날콩들

뿌리혹식물

옥상에서 떨어지는 많은 생각들을 본다 동그람 때론 울통불통함
목숨을 위협하겠다는 증거란다

구술 채록:
눈부시지 않아 대신 야맹증 좀 있어 상상하는 몸의 형
태 뛰어내리는 몸을 누끼 땄다

내 혹 같은 날짜
오늘 밤
남들 눈에 띄지 않는 것은 나도 보지 않았으면 한다

무게

나는 더 마르고 고통스런 사람 되고 있다

숲에서 사막으로 넘어왔다

식물이자 동물

그래서 이렇다 엄마는 날 이상한 걸로 낳고 싶지 않았지

보통으로 키우고 싶었고

사 줬어 책, check

그게 내 숲

죽은 나무들이었지만

누군가 거기 있었다는 증거

나는 골방에서 매일 뚱뚱해졌는데

정점 이후엔 말라 가는

마르다가 소멸되는

과거가, 과거로 인해 괴로운 현재가

그리고 미래?

흥미롭지 내일은 희망 같은 게 아니다

겨우 ㄱ게 아니야

잘못 태어난

돌연변이가 결국 생태계의 승자가 되는 걸 목격하는 일

······승자가 어디 있나 패자는 어디 있어

지금은 사라진 것?

훗날을 도모하는 것?

말고

흥미롭다

흥미로워

잎사귀는 날 강하게 하는지 생존시키는지 나는 점점 말라 가는데

나무 공룡 고사리 초기 포유류 따위

아무리 고사(枯死)를 예고해도

진화는 예측 불가능한

거 봐 내 말이 맞지?

말한 것이 이루어지면 잘난 척하는 것이 특기

세상을 내 크기만큼 이해하고 1256그램

1256밀리리터

뇌의 용량

인간 말이나 쓰는 주제에

모든 언어 흘러간다

모든 터럭 흘러간다

엄마는 꼬리뼈가 남아 있다
그걸 내게 물려주지 않았어
자꾸 말꼬리를 늘인다
지방을 머금은 줄기
날씨 고도 지나온 근육
위도와 경도 내가 물려받은 것들
check it out
사막 아니다 고산
불쑥불쑥 솟아나
열대우림부터 냉대기후까지
발가락부터 머리끝까지
물고기처럼 우는 일*
새처럼 부는 일
물방울을 방어하는 깃털
보송하다 기분
나는 내 몸 주위를 건는다
서성인다
그게
1,

일생이다

* 마종기의 시「낚시질」의 부분을 참고하였다.(『안 보이는 사랑의 나라』
 (문학과지성사, 1980))

2부
사랑

활

손이 떨리는 날인데 나는 쏟아지는 은하수 밑에서 발가
벗고 걷고 있는데 걷고 있는데
거기 누구? 누구?

아침은 오지 않을 것
아침은 없었다
그걸 알면서 시간을 보냈네 시간은 짙푸르구나
시와 인간 사이에서

그런 것들 흘러간다 은하수 내 발걸음 어디로 갈지도 모
르며
간다 가 떨리는 몸을 붙잡고

오래
정적
그믐의 은하

이렇게 밤이 짧은
여름에도

새벽은 오지 않을 것
알면서도

입술을 꽉 물고
긴장되고 흥분된
사냥꾼이자 사냥감인
내가 나를 쫓아

온몸을 벗어 놓고 비틀거렸다

동병쌍년

반하는 계기는 랜덤이지만 정신 차렸을 땐 이미 한참 한심해졌고

내가 그리는 숲엔 많은 나무. 자살로 유명한 숲은 일본에 있다.
내 숲은 자꾸 잃어버리고 발견하는 곳.
거기서 찾은 건 오래된 유물이야.
청동 어쩌고 거울, 황동 어쩌고 반지 같은 거야. 어느 시절엔 아름답고 소중했을
빈티지.
멋쟁이의 잇템.

저 새 봐. 내가 분실한 과거로 치장했다.
이왕 잃어버린 것, 누가 잘 썼으면. 쿵쿵 냄새 맡고 요건 좀 쓸 만하겠다, 여기길. 오소리, 오소리가 물어 가길.

뭐야 그거 이상해
라는 말 들을 게 뻔하다.

병원은 오리역에 있다. 나를 빤히 들여다보는 의사가 좋다. 나는 진단한다. 중년을 넘어도 환자에 대한 호기심을 잃지 않음. 진지한 동시에 낄낄거림. 직업에 재미를 느낌 — 그 어려운 일을.

네가 고통스러웠다는 건 네 고백을 통해 안다.
내가 고통스러웠다는 것도 늘 고백하지만
구질해서 그만하려는데 잘 안 돼.

자도 자도 졸리면 더 자야 한다고 누가 그랬다. 잠 뿌리를 빼야 한다고.
나는 피지처럼 생긴 잠을 상상한다. 갈고리처럼 구부러진 뿌리. 마음에 둔 일도 그렇게 구부러진 모양.

오리역 근처엔 수많은 오동나무. 옛날 일이지만.

잠과 마음이 그늘에서 자란다.
빠지지 않은 뿌리 있다.
태양 같은 사람이 좋다지만 나도 모르게

고통스러운 사랑을 하는 원인.

독버섯.

네가 목맸던 나무는 어느 숲에 있나.

혹시…… 엉뚱한 생각하는 거 아니지?

못된 너 때문에 깨어 있다. 그러니

나 말고 너,

너는 쌍년에 반하지 마. 같은 병에 동하지 마.

동정심 없는 세상에서 자기 자신을 사귀어 본다.

손차양

그늘 속.

번아웃

지금 나는 앵꼬
사랑에 대해 말할 기운 없다

채워 넣지 않으면 사랑하는 대신
떠날 것이다 어디로? 갈 것이다 어디로?
가지 못하고
내 척추 주변을 맴돈다

잉꼬들이 떠드는데 귀여운 것들 하면서도
자꾸 무너진다

새들 부지런히
나뭇가지와 철사를 물어 나른다
섞여 든 빨대
어떻게든 견고하게

재건 나는 미장 능력 없이 게으르면서
재건만 생각한다
가만 깔려 있다

무거운 3초

6월 새벽 휘파람 소리를 내며 우는 새
한 시간 후에 떠났다

불꽃 축제

이름이 없는
널 뭐라 불러야 할까

어울리고 좋은 것
앞으로 나아가고 날거나 나아가고
앞으로 어떻게 되든 후회 없이 후회해도 어떻게든

희망 무력
어차피 반복되는 것들이니
말해 줘
그래? 어 알았어 그랬구나 아아

여기서 더 멀어질 거야 가슴이 아프고 머물고 싶지만 더
멀어질 거야
그 목소리 좋아서 되새긴다 목소리는 더 멀어진다

나는 자주 말이 없다. 폼을 잡는다. 나도 내가 징그럽다
는 걸 안다. 나는 너하고 어울리지 않는다. 그러나 네가 아
니라 누구라도 어울릴까. 나는 매캐한 냄새를 풍기며 얼굴

을 붉힌다. 조용한 부모들 사이에서 자란 과묵한 불똥.

　　아빠 엄마의 이름을 부르지 않고
　　자네, 혹은 헤이라고 불렀다. 헤이, 헤이, 헤이
　　나는 눈을 감고
　　너의 호칭을 상상하고
　　레몬을 깨문 것처럼 공감각적으로 부른다

　　멀리서
　　우린 그걸 아름답다 한다
　　명당자리를 찾아 구경한다

무신론자

뮤즈를 믿지 않는다 S를 그렸다 그래도 믿지 않는다 덧
칠하고 감탄했다

오랜 싸움에서 승리한 사람들이 돌아온다 그건 개들이
먼저 알았다 짖었다 정이 많음에도 일단 경계
태세를 늦추지 않는 반가움과 경고음
모두 같은 소리로 와락 달려든다

그림을 그리던 손도 그들을 맞이했다 개만도 못하지만 어
딘가 쓸데 있을까 번쩍 들어 흔든다 자랑스럽다 나 아닌 너
신이 어린 병사를 보우하사 집으로 되돌려 놓으셨다 돌
려놓아지지 못한 사람들은 어디론가 흩어졌다

행방을 좇는다면 CCTV를 돌려 볼 것 묘한 소리를 내며
뒷걸음질하는 사람들 내년까지 돌아가 출정식을 벌인다 후
년에는 태어날 것이다 태어났으니 다시 늙어 살 것이다 그
제를 향해

싸움을 준비하며 먹고 잠자고 배우자 골머리 썩히자 그

동안 마주치는 눈동자가 있을지니

　첫눈에 반하게 —

　— 워닝 무시할 것

　S는 그림, 큐피트는 고민한다 사랑은 태어나기 전이다

떨어진 머리를 안고

네 뒷덜미는 아직도 소년 같아서

기분 나쁘다
만사가 너로 보이고
모르는 그림자 너
아는 개 발자국 너
죄다 닮아 있다

앞으로 내가 하고 싶은 것 몇 가지나 해 보고 죽을까
너는 말한다
열여덟 개 중 열여섯 개는 해 볼 것이다
탕탕탕

그거 어쩐지 결정 난 것 같아
멍청이와 살면 멍청도 옮는 건지 너는 안 하던 예언을
지껄이고

진실이든 거짓이든
예언 같은 것을 하다 목이 잘린 사람을 몇 안다

네 뒷덜미는 오래 소년 같을 것이다

입간판을 지나 다가오는 사람
넌 줄 알고 나는 손을 들어

연애담

작은 왕이 있었다 인간으로 태어나 작고 약한 왕 있었어
왕은 거대한 왕좌에 앉아 오른손 들고 왼손을 들어 사
람과 물건의 오와 열 맞추고
취한 얼굴 지루한 표정 금과 꿈이 반짝이는 홀
왕만 무채색

눈에 띈 거지
왕이라서?
아니 색이 없어서 잿빛 머리칼 색이 없어서 눈동자는 대
리석 바닥 같다 기하학적 무늬 차가운 감촉
바로 그게 네 문제다 앞과 뒤를 봐야지 좌우를 살피고
오와 열을 맞추고 필요한 걸 얻어야지

멍청한 사람이 감히 왕을 사랑했네 사랑했어 사랑이 무
언지 아십니까?
그걸 알면 내가 이러고 있게

왕의 홀엔 태풍에 흔들리는 나무 사람들 왕의 손짓에
고개를 숙이고 허리를 젖히고 데굴데굴 굴러가는 금은보

화잎사귀머리통들이여
　왕은 많은 것을 가졌다 많이 버렸다
　식기는 쓰레기통이 되었다 빠께스는 원래 쓰레기통이었다

　양동이를 뒤집어쓰고 왕을 사랑한다 외쳤는데 소리는
영혼을 갖고 살아남았다 온 나라에 퍼졌다 불경함이 하늘
까지 뻗쳐
　나는 끌려가 왕 앞에 무릎 꿇었다

　왕을 사랑한 게 죄입니까 왕은 인간이며 우린 작고 약
할 뿐인데 사랑일 뿐인데 바라는 것 없는데 만나지도 못하
고 서로가 개념과 개념으로
　안드로메다 나선팔 저 멀리 존재하나 없는 것이나 마찬
가지로

　왕은 무표정한 얼굴로 읊조렸다
　사랑이 무언지 알아?
　내 머리는 데굴데굴 빠르게 빠르게 굴러 바람이 불고 가
지가 부러지고 파도가 치다 별이 깨지고 우주가 팡팡 터졌

다 다시 태어났다

　머리가 굴러가는 동안 본 것들 모든
　팡팡팡 대잔치!

　사랑을 아십니까
　그걸 알면 내가 이러고 있게

사랑 ㅇ ㅇ ㅇ

거쳐 온
좋은 사람
포기했어도 그땐 최선이었다
예쁜 털실로 골라다가 오래 짠

스웨터 참 촌스럽기도 하다 언젠가 몽땅 풀어서
털장갑 만들 참이다 목 걸개도 달아
빨간 손끝 투명한 손가락 우리는 먼 곳에서 오는
가시광선을 마주하고

모든 인간이 다른 길을 향해 걷는다
정해 놨다
의견은 묻지 않았다
우리 길이 잠시 동일선에 있을 때—
수학이 아니야
점과 선이 아닌
빛?
—과학도 아닌데
은유와 인용을 빼고

주석도 달지 않고

말을 넘어서

신빙성 없이

이기적인 길에서 서로를 향해

으엄청 빠른 속도로

스쳐 가는 이 순간을

뭐라고 해야 해

도플러 도플러 플러 플러러—

뭐 이런 유치한 설명을 붙일 바에

말을 하지 않아야 한다고

손과 발을 묶고

생각과 침묵 속을 날아다니는

이 고름을

먼 길이 가깝게 느껴지는

상대성 마법을

미신과 첨단이 함께하는

다채로운 감동

비로소 화합하나요?

아 이 선수들

600년 싸울 것 같던
동과 서 남과 북
진행 방향과 등고선과 위도 경도를 떠난
네 눈에 짧게 스치는
빛을 바라보는 일
몽고주름에 천착하고
멍청함에 기대는 연구
그런 게…… 사, 사랑?

참 나
너 걸렸어 발음하면 조악해지는 게임
벌칙은

엉덩이로 지나간 사람의 이름을 쓰자
가시광선이 뾰족하다고 생각하던
어린 시절로 돌아가서

N극의 자기

그건 그래 S
너는 다른 사랑을 하고
나는 집으로 가고 있어
달은 신사동 쪽으로 떠오르고

내 옆자리 사람은 전화기 너머 누군가에게
취했어?
취했어?
자꾸 묻는데
대체 그걸 뭐 하러 물을까
나 취했어 나 취했어
듣고 싶었던 걸까

평생 순진할 S
평생 외로울 S
치유받길 비라며
나는 네 이름을 중얼
그러다 메모
게다가 손가락으로 S S S

대문자 크게 쓰는데

취했어?
취했어?

어떤 작용이
어떤 작용이
어떤 작동이
지구와 인간 사이에
기계와 인간 사이에
S와 지구 사이에

보이지 않지만 늘 존재하는 건지

내가 좋아하는 사람들은 이야기할 때 사람 눈을 잘 못
봐요
나도 그래 나도

S S S

이상한 게 보여
달은 신사동 위로 떠오르는데
현실감이 사라져
사라져
보고 싶은 지구
나는 자꾸 하늘로 떠오르네
유체 이탈?
취했어?

아니야 그냥 쓸쓸한 사람들
둥실 떠오르고 또
가라앉는 방향
저녁과 밤을 넘어
너는 다른 사랑으로 향하고
난 내 자그만 임대아파트
바퀴벌레를 몰이내고 내가 서식하는
곳으로 가는데

우리 동네 이름은 하얀 마을

이럴 수가 이럴 수가

믿을 수 있어?

느리게 떴다 감는 사람

잘 타서 다시 하얘지지 않은 살갗
무관심 속에 죽어 가던 다육이
모니터는 하루 종일 깜박거린다
흘러갈 뿐이다

결국
괴로워졌다

나와는 달리 창백한 사람들 곁에 두고
화분에 대해 생각한다
물을 줄까? 말까?

나 때문에 울었다지요
반갑진 않네요
그보다 좀 덜 어색해 주시면 안 될까요

낯선 단어
화분마다 꽂아 둔
이름표

쪼그라든다

눈썹이 올라가는 걸 느끼고
오래 지나
다시 눈 감으면

나는 꽃을 바라보고 있다
누가 아끼던 것인지
잊었다

대강당
―그림자

삐, 죽었어?
대답해 줘, 삐.

콩쿠르 중인데 이렇게 심장
뛰는데 조명이 많을수록 나는 천장이
무너져 버렸으면 다 같이 죽어 버렸으면
좋겠어.

신음 여러 번
반복해서 지르는
비명. 비명. 비명. 짧게, 끊어진

짠, 짠,
짠.
삐?

텅, 텅, 텅,

나는 매번 깔리고 싶은

빛의 와중.

삐,
죽었어?
불 꺼지고 컴컴하고 콩쿠르 중인데
콩쿠르, 뽐내기, 중인데 나는 여기
깔려서, 끝
없이 기어 나오고, 있나?
있어.

첫사랑

러브레터 뭉치를 주운 어린 시절
저주가 시작되었다 한 사람에게만 보내진
편지 밤나무 숲에서 고기가 자랐다
나는 식사 전과 목욕 후 연애편지를
읽으며 미래의 애인 얼굴을 엿봤다 영 그건
낱말 새로 깐 밤에서 통통한 벌레들이 기어 나오고 엄
마는
편지 뭉치를 빼앗고 내 눈을 씻겼다
자기 전엔 기도하거라 밤나무 숲에 바람
자정 불똥 번졌다 묘지가 불탔다 나는 살점을 얻길 기
도했다

미래를 읽은 죄로 내 살만 불어 갔다
아침

수학 선생에게 이유 없이 따귀 맞고 위로받는 사람
오후의 체력장 오래달리기 할 때에 떠올리는 사람
나의 연인
영과의 만남이 미뤄지고

스물여섯 살의 내가 수신자 없는
편지를 내다 버리고 아홉 살의 밤나무 숲엔 깨진 양변
기와 고기 타는 냄새와 봉인된
편지봉투가 굴러다닌다 내 나이 사이에 갇힌

버려진 편지를 영이 줍는 날
여름을 뛰어넘어 영이 온다
나의 연인 어느 고백에 따르면
드디어 악몽을 걷듯 느리게 온다 나는 천기누설의 죗값
치르며 마중 간다
맨발로 밤송이 밟으며 간다.

내 이름 몸뚱이에 새겨 넣은 네가

나는 멀리서 널 보고
너는 가까이서도 날 못 본다

마지막 절벽에서 무슨 이야기했나
별건 아니었지 잡담은 이어진다
액체괴물처럼 흥미진진한 놀잇거리였다
길게 늘어졌다 서로가 서로에게
유행 지난 장난감처럼
변형되다가 결국

바라본다 말 위에서 나를
휘갈겨진 문신

다들 읽어 봐요 큰소리로
읽을 수 없다면 대체 무슨 말인지
물어봐요
위풍당당에게 감히
물어보세요

나는 내 이름을 가장 많이 발음한 사람이 아니다

네가
네가 아닌 네가
대체 누가
내 이름을 불렀지?
그리고 몸에 새겼지?

모든 잡담을 버리고
적장이 된 네가
내 목숨을 노리고

말을 달려 칼을 휘두른다

껌과 꿈

그리워하는 것이 죄가 되나요?
이름을 말할 수 없는 사람을?
이름이 없는 사람이라면?

껌과 꿈에 대한 논문을 써 달라는 부탁을 받고 나는 종
일 생각했는데

떠오르는 것은 B뿐이었다 B, 얘 너 잘 지내니 잘 못 지
내는 거 알아 하지만,

마감일이 다가왔고 초조해질수록 나는 B를 생각했다
B, 그거 네 이름 맞니? 아닐 수는 없니? 나는 네가 B가
아니라 다행이라고 생각한 적이 있다

껌과 꿈에 대한 글 대체 언제 주시는 건가요
갇혀 펑크라니요 펑펑 터지는 풍선님

나는 쓰지 못하고
꿈에서도 그리는 B

달라붙은 B
끈적여서

풍선 터지는, 머리칼 잘리는, 악어와 악어새, 치아 꿈, 자
일리톨 꿈

세상 모든 꿈은 대체하여 읽어도 좋았다
B로

잃을 사랑도 없다는 듯

끝없이 변주하네
이를테면
내 살을 잘라 버린 들판에서
자라나는 곡식
쌀이나 고추 감자 주렁주렁한
얼굴들

질릴 때까지 반복하고 싫어져서
떠나갈 때까지
오래 삶고
삶고 물러지면
천년 후엔
우물거리지 이빨 없는 입
꿀떡꿀떡 넘어가고
먹을 게 동나면 다시
내 살을 베어다 말리지
허벅지 안 살 팔 접히는 곳 힘줄
이것 좀 먹어 봐 저것도 많이 먹으라고 많이 먹고

지독하게 사랑하는 줄 알았던 대상
시시각각 식어 가는 맘을 의식하며
박복을 반복하는 걸 멈추자
마음먹지만

먹으면 먹을수록 커지지 살 자라는 건 달이 아닌 눈
작은 조명을 켜 놓고
식사 전 기도를 올리자
오늘도 난 똑같이 말간 죽 먹을 것
오마이갓 이런 삶을 지겹다고 말할 수 있나
옥수수 알갱이가 흩어진다
날 꼭 빼닮았어
수많은 눈알

부지런히
새 사랑을 찾는 일 멈추지 못하네
동그란
말줄임표

3부
나와

밑천

나는 날 벌려 보일 참이다
장기를 몇 개 꺼내 보인 후이니
영과 혼을 디피할 셈이다
어떤 것이 힙할지
어떤 것이 핫할지

알고 지낸 의사가 여럿 닥터와 닥터 사이에서
불꽃이 인다
멍청한 나란 환자를 사이에 두고
서로 만나지 않고도 싸움을 벌이네
투명한 장수들
투명한 의료진

투명: 여러 번 얼버무린 미신

자주 빨개진
몸 내보이는 건 어렵지 않으니
이제 진짜 나를 늘어놓는다
가위를 넣은 채 꿰맨 배

코발트블루(#003FFF), 지리멸렬과 생각의 연산, 뒤죽박죽

촛농의 알고리즘을

셈 못 하는 군수업자가 천 억 들여 장만한

쾅!을

어린이 미사 3
── 빨간 집

한참 졸다 보면 저녁이 온다
빨간 숲
숲의 숨
숨은 은색인 거야
챙챙 소리가 나는
잔
미사 시간
내 어린이
복사 친구

복사가 되고 싶었어 뚱뚱보 시절 나는
좌절을 알아도 어른은 되지 못했다
결국 지금, 당신만 참석한 미사를 진행하고 있습니다
우리가 지은 노래 부르고 스스로 찬양하며
경도되고 고취되고 소름 돋는

성당 지붕이 높은 건 다 노림수라고
나는 자꾸자꾸 높은 곳을 바라보며
가장 외로운 나

가장 외로운 너
그냥 외로운, 막 슬퍼지는 사람 생각한다
바로 앞에 있는데 서로 찾질 못하고
헤매는
숲
숲
머리통과 머리통을 넘어

강론 시간
멀리
흘러가고
깼을 땐 빈 성당
쟁쟁
침묵

빨간 옷을 입고 펭귄처럼 걸어온다
신부님을 호위하는
어린이 복사

다들 나무 같아

냉담한 20년
먼 언덕에서 성당 첨탑 내려다본다
예수를 짝사랑하는 기분
이해하며

오후에 눈 떠 천장을

매일 보는 건데도

해가 왜 오니
눈을 깜빡이면 어릴 적으로 돌아간 것 같다

낮잠에서 깨 어리둥절한 기분으로 바라본 천장
좋았어
얼굴이 보이지 않으면 불쾌하기도 했지만

빛이 날 안심시켰다
주광성
자주 무서움 타던 녀석

오후
그때도 지금도 있는 빛 보며
과거에 머무는 기분

한 명이 박살 나고
다시 조립되는 중에

잘못 붙었나 봐

나는 자꾸 지금이 이상하다
사금파리처럼 빛나는

평온한 조각을 모으고 싶다
천장의 빛 파편
소중히 모아 둔 쓰레기

그린명품크리닝 앞 흔들리는 꽃양귀비

매력적인 포즈를 지을 때 가장 외롭다
아무도 거들떠보지 않기에

물론
이 거울은 사람을 좀 더 길게 보여 줍니다
옷태를 돋보이기 위해서죠
Well
당신은 길어지지 않습니다 어깨를
으쓱해 보일 뿐

외로운 성장(盛裝) 혹은 나체로
무엇이든 상관없는 아침저녁으로

가슴을 찢는다
는 말은 그만하기로 한다
셀카 찍고 기이이 인화까지 해 찢이 비리는
수고스러움

몰래 쓰레기통을 뒤지는 미련한 밤처럼

흔들리는 마음과 아스팔트 사이에
씨가 날아든다
책임 없이 예쁘다

이번 악수에선
부드러운 피부에 깜짝 놀랍니다
다음 악수에서
느낄 수 있는 것은?

탄력이나
계절이나 계절성 우울이나 기타 등등

악수하지 않으려 낡은 손을 찢는다
후회는 걸칠 만하다

고행자 A

새가 낮게 날아서 비가 올 것을 앎
나는 나를 믿는 종교에 입교했다

기압이야 낮은 기압골의 영향으로 찌부러 들고 있어 울
증에 걸린 사람의 뇌를 보자 오래 묶여 있던 자전거는 아
주 천천하게
기능을 잃어 가고 녹슨 말들이 거치대에 묶여 있다

고행자들 스스로를 채찍질
아무도 막지 못하지
신이 와도 말이다

집에 들어가지 않게 해 주는 핑곗거리가 필요해
남은 나를 이기지 못한다

너를 사랑합니다
정말이에요
그런 말을 믿고 나보다 내 이웃을 사랑하던
자살행위

고난의 행진을 끝내고
상처에 약을 발랐니? 안 발랐니?
까먹지 말고 수포에서 물이 흐르도록

국토대장정 난코스 와중

어려워하지 말고 두려워하지 말고
많은 기도를 바치십쇼
많은 기도로 확신하십쇼
나 자신이 살아 있다는 것을
죽은 사람을 믿는 종교에서 영원한
생명을 논하는 아이러니 배신의 연속인 삶에서
사랑을 찾습니다

새벽이 밝자 새들이 일제히 우짖었다

또 다른 고행을 위해선 반드시
나아야 했습니다

서늘하고 축축한 곳간

난 거기에 있어
어둡고 곰팡내
거기 쭈그려 앉아 있어
바지를 잃어버려 바닥에 앉지도 못하고
해가 뜨고 지는 게 보이지 않아
3년인지 30년인지 모르고
38년인지도 모르는데
떨어지는 물방울에 깜짝깜짝
지나가는 그리마에 소스라치며
여기에 뭔가를 저장할 생각을 하다니
미쳤어 발효돼 버릴 거야
흰 곰팡 푸른 곰팡 온통 덮혀 덩어리 될 거야
이제 펴지지 않는 다리
쪼그린 채
그대로 굳어 있어
가슴이 친구는 무릎
내 베프는 나
내가 없으면 내가 어떻게 살겠어
뭘 보존하겠어

그러니 날 두고 가지 마
나한텐 나밖에 없어
나 하나뿐이야
날 사랑해
5, 5
사랑과 원넘이 뭉쳐서
거대한 에너지가 되어
열을 발생
빛을 발생

뜨겁고 건조한 창고
나가려면 나갈 수 있지만
세상을 멸망시킬 불씨
거기 있어
난

주제

날 찢고 옮기고 그대로 두는
노동이다
진지하게 메타 중

더러운 우리 집
쓰레기보다 옷의 산이 문제이다

자신을 연구하는 일은 중요하며 하찮다
아무도 인정해 주지 않고
지원금도 나오지 않는다

그래 그 지원금이 문제인데
어쩌겠어 이렇게 더러운 집에 들이부을 잉여 자본 없다

옷은 여러 벌
니는 연구에 몰두해야 힌다
너에 대한 관심으로 늘 아파하는 와중이므로
오히려 날 들여다본다

허물벗기의 실제
몸과 마음을 거꾸로 벗어 놓고
뭐가 있는지 살피기
뒤집어 벗은 점프슈트처럼

폴리에스터 95 폴리우레탄 5
단독 손세탁 하시오
메이드 인 코리아
삶과 위장병
보라와 주황의 대향연
기계적인 글쓰기에 대한 지겨움
와중에 뭐가 나올지 모른다는 기대감
그러나 진정제 먹은 후라 금방 졸린

세탁기에 옷을 뒤집어 넣지 말아라 빤쓰도 양말도
취급 주의사항 늘어난다
인생은 맘대로 되는 게 아니니 한 번도 설계한 적 없는
데 예술가랍시고 먼 예술 계획을 짜 놓았다 웃긴 직조

메타 메타 메타 세 번 외치면
이것이 그것이 됩니까

꿈을 꾸지 않기로 했고 그렇게 되었다

벚나무, 초등학교, 까치와 까마귀의 영역 다툼, 바뀌지 않는 횡단보도, 건너편 5단지, 건너편 화이트빌라, 하얀마을 6단지 사람들의 출입을 금지합니다, 라고 쓰여 있는

50년 임대 아파트, 하얀, 마을, 굴처럼 조밀하게 뚫린 창문과 용도를 알 수 없는 의자들, 작년에 가지치기한 더미, 나무의 일부였던 것, 어떤 아침과 밤, 가끔 족제비, 자주 고양이, 복지 센터의 김치 나눔, 토요 장터, 무시무시한 떨림, 자주 고장 나는 엘리베이터, 없는 사람, 없는 사람, 헛짖는 개

—

언제 비가 왔다
나는 오래된 나를 떼어 놓고
이곳저곳 헤맨다

깨어서도 꿈꾸는
사람들 멀리 간다 예상하지 못한 곳으로
폭풍과 비단길 지나
사막을 걷는다 걷고 걷다

몸으로 돌아오는 길을 잃는다면
죽는 거지 섭씨 42도
빨갛게 익은
빈사의 혼

———

나는 나무입니다 개입니다
개는 열매 맺고 나무는 새끼를 칩니다
나무는 개와 마주 봅니다
너는 나니? 나는 너야?
선생이 제자인 듯 제자가 선생인 듯
손을 맞대고 자꾸 늘어나는
나들 나들
종을 뛰어넘어 목을 벗어나서
닿을 수 없는 것들
서로의 발목에 서로를 묶고
거꾸로 선 내 밑에 나를 달고

도망

도망
가지 않아요

이 모퉁이 돌아
내가 나와 마주할 것이며
세상은 나로 가득 찰 거야 펼쳐질 거야
열사 바람 식물성도 동물성도 뛰어넘은
x들의 근본 y들의 기원

나를 말하려면 당신을 말할 수밖에 없다
내 몸 안에 당신의 새끼손가락을 묻었기에

주름진 작물이 몸 밖으로
옆구리와 쇄골을 뚫으며

모든 구멍에선 소리가 난다
오카리나 터널과 여드름 불 꺼진 창 불 켜진 귀

삐죽거리며 자라는 것들

이 노래를 들으세요 고막을 찢고 몸 안으로
안으로 자라는 가지
속부터 파먹고 다시 모든 구멍으로 기어 나오는
넝쿨들

당신은 밴드를 좋아했다 쓸데없이 다른 예술을 기웃거림
마시고 빨고 약도

자꾸 빵꾸 나고

당신을 말하기 싫으니 나는 영원히
새끼손가락에 관통당한 채 산다
개미 똥꼬 멍멍개가 노래를 한다

―

오랫동안 눕혔던 몸 일으켜
소중한 걸 잃은 것처럼 먼 곳 본다
무릎으로 기어 밖을 본다

일렁거리던 숲 일렁이는 열사

낯선 풍경

무릎의 존재감

심하게 앓다 일어나면 오전인지 오후인지

하루가 아득하고 생이 먼데

그린다 내가 아름답지 못한 몸에서 일어나

동굴 벽 스케치북 아이패드 아아니 무한대의 캔버스

따라 해 보세요 참 쉽죠 쉽죠

제멋대로 진도를 나가며

먼 곳까지 달음박질

아홉 번의 물수제비 끝에 다시

떠오르는 돌멩이

그려 보세요
손가락을 믿으며
그림을 그리고 있는 당신
앞에 관리 감독 중인
여자

여자는 날개가 달렸습니까? 뿔이 달렸습니까?
그려 보세요
여자란 명사 뒤에 숨어서 나는 나일 수 있는지
그려 보세요

손을 뻗으면 빨려 들어갈 것 같다
거대한 구멍

—

많은 사람이 토굴을 거쳐 갔다 나는 누가 누웠던 자리
에 누웠고 일어났고 다시 눕다가
　영원히 없어질 것이다 반복될 것이다 반복하다가 무너질

것이다 토굴

　바람과 물에 의해 불과 씨앗에 의해

　다이너마이트 게릴라와 반군

　과격파와 광신도

　모든 인간의 종류로 인해

　성긴 나뭇가지 위에 누워 있는

　무기

———

　내가 하는 가장 비범한 것은 칼 쓰는 일, 남들이 말하지 않아도 언젠가 스스로 느꼈을 것이다. 어둠이 무섭지 않은 지금 어느 때보다 훌륭하게 칼을 쓸 수 있었다. 세포 하나하나의 떨림과 나에게서 목숨을 빼앗기거나 운이 좋은 경우 팔이나 다리, 손가락 정도를 빼앗길 상대방의 숨결이나 체온, 때로는 기운이나 혼이라 부를 만한 게 느껴졌으므로, 나는 나의 운명에 대해서 황홀하게 받아들이고 도취하고 말았다.

　내가 남이 되지 않는 이상 나의 칼 쓰는 모습을 보지 못

할 테지만

　나는 내 모습이 아름다울 것이라고 확신하고 있다. 아름
다워야 했다. 밤은 깊었고 칼은 빛났으며 옷은 희었다. 내
발밑으로 검집인 붉은 천이 휘몰아치듯 떨어져 있는데 그
것은 내 피도 아니고 상대의 피도 아니었지만 어쩐지 소용
돌이치는 기운같이 느껴지는 것. 붉은 부적처럼, 문양처럼
내 발밑에 스르륵 나타나, 내가 칼을 잡고 휘두를 운명을
타고났다는 것을 알려 주듯이 내가 그 부적 속에서 솟아난
새하얀 악귀나 고결한 도깨비라도 되는 양, 아름다울 것이
며 무서울 것. 밤. 바닥에 붉은 문양이 새겨지면 새겨질수
록 나는 이름을 알렸고 그런 외형보다 더 아름다운 것은

　아. 사랑이여. 나는 남편에게 병아리를 사 주었다. 남편
은 기뻐했다. 한 쌍이었으므로.

　칼이 가깝다는 것, 이름을 널리 알린다는 것은 곧 죽음
과 가깝다는 뜻이다. 시미도 니는 두려움이 많은 성격 탓
에 예전에는 생업에 게을렀을지 모른다. 그래서 병을 얻었
을지도 모를 일인데

　나는 생업으로의 칼 씀이 아닌 자신을 악귀나 도깨비,

그것도 아니면 세상의 것을 벗어난 아름다운 무엇으로 느끼며, 아름답고 초월적인 존재가 칼을 씀으로 표출되는 것을 느끼며 내가 왜 운명적으로 칼잡이로 태어났는지 알 수 있게 되었고 왜 악사가 아니 되었는지도 알 것만 같았다.

우리는 결국 들린 존재들. 칼이 내 악기이자 내 몸 자체가 악기이니 내 칼과 나는 서로 공명 중인 것.

그 공명의 시절 도중에

—

효 나는 내가
죽지 않았음 좋겠어
멍이 오래 든 밤

효
다른 사람이 끼어들 수 없게끔
호명하고
멍멍 하고 말한다
우리가 사랑하던 동물들

바다거북 죽고 나서도
나는 살아 있음 좋겠어

모든 장례를 다 치르고
눈과 비를 맞는 동안

육체에서 벗어난 나는
없음으로
없는 나로
남았음 좋겠어
효가 죽어도 난
살아 있는 밤
사랑하는 밤이라

불렸음 해

—

뭔가 잃어버린 것 같은 느낌 가슴팍 두드리는
두 주먹

잃어버린 것은 S인가 내게 속해 있는 효인가 그런 가지
들 말고도 뭔가 있을 거라고
나무가 아닐 거라고
자른 주먹이 쌓이고
나뭇가지인 줄 알았던 주먹 무덤 위에
누워 있다

뭔갈 갖게 되어도 가슴을 칠 것이다
뭔갈 갖게 되었기 때문에 칠 것이다
잃어버리지 않으려다 잃어버릴 걸 알아서
터질 것이므로
폭사할 것이므로
살덩이가 날아가 매달릴 것이고
까치와 까마귀가 물어갈 것이므로

사막이 아니었나
사막이다
하얀마을인가
하얀마을이다

길을 잃었나

—

두 팔을 꺾인 채
숨이 끊길 때까지 먼 곳만 바라본다
100년이 지나 비가 내리고
참았다 싸는 오줌처럼 요란한 소리
화르륵 수증기
먼지가 잦아들고
한꺼번에 피어나는
꽃

맞혀 봐요
빨강 노랑 혹은 주황색에 보라 점박이
점박이 점박이

누워서 바라본 달 너무 빨리 지나간다
밤은 짧고
몸에 푸른 멍이 하나둘

나는 너를 잊을 것 같아
너무 빨리

—

그저 칼을 휘두를 뿐이라면 무사가 필요 없을 것이다. 나는 칼을 쓰는 일이 나를 살게 하는 환희와 죽고 싶게 만드는 비참한 고통을 동시에 주는 것이라는 것을 깨닫고 칼쓰기에 더욱 매료되었다. 보이지 않는 칼날을 더듬어 깨끗하게 손질하고 내 몸처럼 아꼈다. 내가 일을 마치고 돌아오면 남편은 내 옷과 내 칼집을 새로 빨아서 다리미질해 주었으므로 나의 칼은 나 자신과도 같았으며 우리 부부의 자식처럼도 느껴졌다.

나는 이제 언제나 어둠이므로 밤이 무섭지 않다. 오. 좋은 시절.

웃는 용

용이 늘 화난 얼굴을 하고 있어서
웃는 얼굴로
새겼다
보여 주고 싶기도 하며 보이기 싫은
부위

내 맘이다

삶
아무도 대신해 주지 않는다는 걸 깨닫기엔
아무도 대신해 주지 않았고
안달복달하는 부모도 결국
자기 살기 바쁘다
늘 말뿐이야
달린다
얼마나 유치한가
용은 근엄하고

저기 창을 들고 돌진하는

기사의 비유

불을 뿜을 줄 몰라서 천둥번개 부릴 줄 몰라서
조금 의기소침한 용

너넨 왜 내가 늘 진지 빨고 있을 거라고 생각하니?
개체 차이 모르니?
다양성을 인정 못 하면 현대 시민이 아니라며
대노할 때도 있지만
나는 주로 웃는 용이니

　5년 동안 집에서 판판 놀다가 쓰고 싶은 글이나 쓰겠다
고 예의상 지망 대학 교수의 책을 사 보았다 처음 읽는 현
대 시

대체 뭔 소리니?

드라고요롱이마초미미*
진사오미!

천둥과 번개를 불러오는

거대 파충류들 양서류들

너무 많아서

내가 유치한 용이라는 걸

만국에 선포하노니

* 「꾸러기 수비대」(원제: 「십이전지 폭렬 에토레인저」)의 등장인물. 시와 노
 래가 주문이라면 12간지를 절로 외게 해 주었던 「꾸러기 수비대」의 주제
 가는 교육적 주문이다.

피크닉

할 말 있으니
여기 둘러앉자
잔디를 거칠게 뽑는
손 바람에 흩날리는
볕

그니까, 음
내 검지는 자주 물어뜯어서 변색되었다
나는 내가 날 뜯고 있다는 걸
내가 날 뜯고 있는 게 찍힌 사진을 통해 알았다

우리가 둘러앉은 장면을
작품으로 남긴다면 그건

어떤 상상화가 벽에 걸리고
왔다 갔다 하는 사람들
가끔 멈춰 서서 들여다보는

하지만 말야

이 잔디밭이 통째로 갈아엎어질 것 같단 말야
다 뒤집어지고
사람들은 잘 앉아 있다가 발라당 벌러덩
나가떨어지는 거

단지 여기 있었다는 이유만으로
산산조각 나서는

뭔가 입 밖으로 내는 건 늘 조심스러워
반대로 뱉은 말은 무조건 지키려 든다
강박
그래서 코 낀 적도 몇 번 있지만

무섭다는 것을 알아줬으면 하는데
그으니까 이건
내가 입 밖으로 내지 못한 이야기

우리는 서두를 뱉은 채로
아침을 보내고 있다

정수리가 뜨거워지는데
잔디밭은 바싹
마르는데

초신성

저 검은 봉지에 뭐가 들어 있을까 삐죽삐죽 볼록한데
설마?

아마 팔 다리
돋기 이전부터 그 모양
나는 훔치고 부수고 때리고 모든 내게 불 질러서
활활 타올랐다
밤나무 숲
플라스틱 타는 냄새
그때 마신 유해가스가 한아름

심부름 가던 재료 상회에서
두부 한 모 주세요 모기버섯도 주세요 했지만
나는 목이버섯을 모르고

포자 속을 헤맸다
중국집 딸의 어리둥절
그런 것도 마음을 구성하는 일부인가
먼지, 가스

포자처럼 우주에 퍼지는
별의 씨앗

텐트를 사면 사은품으로 주던 쌍안경
흐린 초점 맞추며 생각했다
저기에선 어떤 눈물이 팡 터질까
이곳에선 울면 재수없어
두부살 두부살 놀림받습니다

언젠가
나에게서 출소한 날을 기념하자
생두부는 싫으니 마파두부로다가……

검은 봉지에서 부스럭
별명은 두부살
나는 자주 마음 박살 나고 눈물도 쏟았다

어린이 미사 2

난 뚱뚱해지는 기분

벅참과 설렘 슬픔이 몰려오고 혼령과 천사들과 악마와
사도들이 순교자와 동정녀 포도송이들이 몰려와서 자꾸
부풀고, 그래, 이스트, 빵처럼, 누군가의 몸처럼, 못 볼 걸
본 것처럼, 자꾸 가슴 메고, 울음을 메고, 풍선, 풍선처럼
목을 졸라매고 천장을 향해 승천, 승천하기엔 너무 높은
천장으로, 둥둥 떠오르는 기분,

아, 아, 사랑 사랑 마일 첼 원투 원투, 피와 고름

가슴 메는 거랑 목 막히는 것은 어떻게 달라요? 벅참과
슬픔으로 부푸는 가슴을 구분 못 해요 아직 어린애 우리
뒤통수는 비슷해 안 그래요? 조망권을 갖는 어른이시여

내가 이해하기엔 너무 멀고 숭고, 숭고를 모르고, 너무
커다래요 거창 거창한 단어들의 나열이

우리 동그라미 입술에서 새 나오는

토요일 일요일

♩ 나 그를 사랑하여 나 그를 살게 하리

126

나 그를 영원히 영원히 살게 하리 ♬

미사가 끝나면 모두 뚱뚱, 뚱뚱해져 있을 거야 내 안이
낯선 얼굴로 시끌, 조용하라는 경고, 뚱뚱한 존재를 잘 품
고 있자 입속에 손을 넣어서 꾸웩 꾸웩 돼지 새끼처럼
(비바체, 먹따며, 목청 높여, 합창)
꺼내 놓기까지!

짠
하고 눈앞에 보여 줄 거다

보세요 예수님 우리들이 했어요* 슬픔 속에 태어나 엉망
진창으로 자라자! 감사합니다 몸을 빠져나갈 때 헬륨으로
충만해져 있을 테니 깔깔깔 웃으며 천장을 향해 솟아오르
자 일제히
이제 와 우리 죽을 때, 하! 살게 하리!

* 1992~1993년 사이 천주교회 여름성경학교에서 주제곡으로 비슷한 노
  랫말을 불렀던 기억이 있다.

홍수 흔적 기념비

3분도 5분도 아닌

집은 한순간 무너진다
개발이 결정된 동네
늦게 떠난 열 살
늘 처음처럼, 무너지는 집 앞에 서 있다
그때 먼질 많이 마셔서 그래 석면 따월 마셔서 그래
헤헤
부족하고 멍청한 것을 둘러댈 핑계

끝이 정해져 있는지 모르고
1절을 살았다 간주 중을 심하게 겪다
어느새 2절에 다다른 때
문득 소음에 씹히고 패스트푸드에 섞여서
아 그렇지 그렇지 그렇게 페이드아웃 되는

러닝타임(時) 없는 시(詩)
초월한 존재의 위대함
……글쎄, 좀 과하다

타들어 가는 글씨 읽히지 않은 몸뚱이가
흩어진다
먼질 많이 마셔서 그래 타고난
석면 유해한 슬픔
내 목소리는 신도시 계획처럼 거창하고
표 딱지를 받은 퇴거민
엄마에게
발표된다

모든 폐허가 등을 돌리고
외로이 불타더라도
마지막 말은 멋있으리라
쓰잘데기 없이

밤의 쇼핑몰

원피스 광고창을 따라갔지만
이미 품절
그니까, 내 삶이 그런 느낌 늘
원하는 걸 놓치고 의심하지
원래 있긴 했을까

밤은 길어지고 뭐가 올지
뭐가 올지 몰라

원하지도 필요치도 않았던 걸
아무렇게나 주문하고
장바구니에 대해 생각해 실제로
있지 않을
촘촘하고 투명한
인타라망

직물은 늘어지고 처음 의도와는 달리
못생겨지는 와중
환불은 거부하겠다

그래 결국 나 낚였어
장바구니든 낚시 배너든 아님
모든 걸 포괄하는 삶에든

손과 발을 사용해 설명하고 있다
손과 발의 사용법을

내가 사랑하는 수족은 영원히 품절 혹은 너무 비싼데
정가의 예쁜이 대신 약통이나 모은다

재고 정리 수족
여긴 쓰잘데기 없는 것들의 서낭당
알록달록의 이유는

난 파스텔톤이 안 받아
늘
쨍한
원피스

냄비들

미미 인형의 첫 목욕탕

늪 토하는 구덩이 같아서 난 좋아했다
우리 집 커다란 냄비에는 짜장이, 짬뽕 국물이 끓고

가게가 끝나면 물을 끓여 목욕을
자 봐요 내 피부를 좀 봐
우린 같이 자랐어요
미친 물과 비는 불 사이
얇은 냄비
입김과 혀를 열심히 나누고 있는
검은 피부

2월 새벽 아무도 모르게 태어난 강아지
두 마리는 얼어 죽고 한 마리가 살아남았다
냄비에서 목욕하고
늘어난 빤쓰에 감싸였다
그런 요람
가짜 젖통

축축한
달아오르는

끓는 숨 정수리에 부을 때
달아오르는 얇은 피부
더운물과 내 몸 안에 든 것
도저히 맛이 없는 꿈을 가르고 있는
피부를 좀 봐요
피가 타고 혼이 졸며
자랐어요
짜장 짬뽕 라드 냄새를 풍기며
부글부글

달아오르는 냄비
같은 몸을 위해 끓어 줄래?
요람 같은 목욕탕은 흔들어 줄 거지?
모든 계보는 사족이니
방의 기원을 캐묻지 말기
이렇게 졸아드는 나는

서킷으로

원하는 일들이 많아서
달리고 싶은 길
달리고 싶은 길
뭐가 안 좋나 봐
뭔가가 안 좋나 봐

먼지
장미처럼 피어나는 모래
여름

이글거리는 일들이 많아서
그게 좋고
괜스레 마음이 가니까
남자들이 뛰쳐나오고
불타오르고
피어나는 소화기 거품

나는 당신들 사이에서
맨발로 뛰고 있다

맨발로
이글거리는
아스팔트 위를

내가 원하는 일들
달리고 싶다
달리고 싶어서
달리고 있다

맨발이든 외발이든

무사히
끈적거리는 바큇자국처럼
길게

도중이다
갔다 올게

4부
같은

니트

그녀는 몸을 풀어 몸을 짠다
숲 누님 나무 누님
잎사귀 주인

마디가 굵은 손 움직인다
불안은 불안으로 무성해지므로
쉼 없는
쉼
오래

늘어진다 몸의 시작과 끝은 같으며
사라진다 몸

팔도 다리도 없는 거예요
귀에 속삭이는
누님 투명한 목
소리

파란 새가 제 털을 뽑아 장식한 둥지

점박이 알
검은 눈은
느리게 직조된다
그늘을 풀어서

노벨 화학상을 받을 노래

나는 그가 경이롭고 그는 내가 경이롭다지만 노래하는 사람들 틈에서 차라리 공대생처럼 말하고 싶어. 아님 동물의 말도 좋지만 아름답고 단순한 말은 자꾸 털갈이를 해대서 종잡을 수가 없어. 단순하지가 않아. 단순하지가 않아. 친근한 포유류. 반가운 조류들. 메마른 감정과 동물들 앞에서만 눈물짓는 사람. 공돌이라 놀리지 않을게요.

지금의 말보다 더 쫀득한 말을 혀 위에 굴리고 싶어. 아빠의 협심증과 혀 밑에 넣고 있는 니트로글리세린. 그런 짜릿함을 혀 위에 굴리고 싶어. 니트로글리세린이 폭발하기 전에 혈관을 확장시켜 주러 왔어요. 고마운 일이지 고마운 일이야. 나는 화학적이고 물리적인 인사를 하고 싶지만. 그런 말을 모르니까. 알고 싶어 죽겠으니까. 차라리 외국인처럼 말하고 싶어. 불가리아나 과테말라의 말. 언어가 아닌 습관을 말하고 싶어. 태도를 말하고 싶어. 기후와 풍토를 말하고 싶어.

마르코는 떠났지. 산 섦고 물길 설워도. 엄마 찾아 3만 리는 최양락 버전이 제일 좋아요. 트롯처럼 말하고 싶어.

두 번 꺾고 말하고 싶어. 그와 나 사이에서 꺾이는 부등호. 가도 가도 끝없는 길 위에서, 언젠가 잃어버릴 말들이지만. 기호와 부호를 섞어서 말하고 싶어. 떠나지 못한 내가 잃어버리는 것, 떠난 사람들이 잃어버린 것. 낯선 곳에서, 익숙한 동네에서, 갈라지는 길 위에서. 공대생처럼 말하고 싶어. 먼 곳까지 닿고 싶어.

선배

― 롤모델

엊그제 선배님을 죽였다
손이 바들바들 떨렸지만
끝까지 해냈다

그때부터 매초가 잎사귀
사각사각
선배 우거지고
우거져서
한 톨 햇빛으로 인식된다
그늘은 나고
뭐,
늘 나지, 그렇지

날 때부터 훌륭했다
능한 거짓말
여기 거칠고 욕심 많은
관심병까지 있는 자
그렇기에 악과 깡으로 단련해 온
손가락, 소림사, 고행, 스님들의 휴일, 신나는

이벤트처럼
문득문득 튀어나오는
빛

나는 몸을 둥글게 말고서
내 똥꼬를 바라본다
이런 것이 영원함의 은유이며
시작과 끝이다

비루먹을 상황에서
나는 선이자 꼴찌 3학년이며 신입생
빛 없이 존재하는 그림자 숲의 전부인 나뭇잎

거기 떠가는 거
개미니? 개미 너 괜찮아?

죽었던 선배가 고새를 못 참고
환생
나뭇잎 타고 여울목으로

내내 철사장을 하다 고개 든다
걸어오는 사람은—
좀비세요?
저 후광의 오빠,
선배를 최초의 불멸자로
인정하기란

선배
— 선배는

선배
서울대 영문과도 경북 울진 출신도 아니고 걍
선배 출신이다

오래 갈무리해 둔 PC통신 시절 데이터처럼
새것이 아닌 신도시
아파트가 빼곡하게 꽂혀 있다

그 속에 내 선배 한 명쯤 살겠지
아니 두어 명도 가능하고 1단지 2단지 건너뛰어 빵 명이
살 수도 있지만

0이라는 숫자에 손가락 넣어 보고 싶다
상형문자가 생긴 건
우리에게 구멍이 많기 때문

시간의 함정을 피했다 날렵하게
영원히 앞지를 수 없는 선배

벌집처럼 오골거리는 집 중

선배가 살 것이다

나는 이미 태어나서 1.0 혹은 0.83 정도 역할을 하고

선배라 부르고 싶은 구녕

앞뒤가 뚫린 지하도

개를 데리고 가는 사람들 속에

선배

—유적

찾아갔으나 선배는 없었다
캄캄한 교실

선배는 집에 있을 거야
그러나 나는 선배 집을 모르고
대체 선배에 대해 뭘 아냐고
의자와 의자 책상과 신발장 수많은 다리 사이
에서 초조했다
그것은 최초의 성찰
의심하는 버릇의 시작
야경꾼이 맴돌았다
골목을 쫓는 발소리
사람의 역사는 예상치 못한 곳에서 전환점을 맞는다

선배는 거기 있어야 했어 마땅히
집으로 가는 길은 기여지 흑 온 니온지
가장 복잡한 길을 지르고
제일 잘 아는 경로를 이탈하며
생각이라는 것에 잠겼는데

거기 있으므로 선배가 선배임을 깨닫고
거기 없는 건 모르는 사람
모르는 다리
서로 잊기 위해 도시를 몇 바퀴
시간을 몇 바퀴
발자국을 따라잡기 위해 애썼다

따라오지 마 따라오지 마
퉁명스러운 선배
골목마다 편의점
야경꾼은 쓸쓸했다

말머리 아줌마

추수 끝난 논에서 놀았어
세상을 바꿔 가며 즐길 수 있어
금방 몰두하고 금방 질렸지
자신만만한 나이
나는 길쭉한 여덟 살을 지냈네

흙투성이 얼굴이 낮은 포복한다
말머리 아줌마가 오기 전까지

말머리 아줌마
삽자루로 날 밀어붙이네
나는 논두렁 기어올랐네
발버둥쳤지만 굴러떨어졌네
노새 아이만 멀리 도망가고
울부짖었어 소년 소녀 왜가리 할 거 없이 울부짖었네
  말머리 아줌마 어디서 피미했니요 니무 굵이요 필뚝 굵
어요
  말머리 아줌마 놓아주세요
  말머리 아줌마는 말없이 날 떠밀었네

말머리 아줌마는 힘이 장사고
도망친 아이가 어른이 되어 돌아올 때까지
만 년 흘렀네
늙고 병든 나는 논바닥을 뒹굴며
놓아주세요 이 땅에서 놓아주세요
빌었지만 말머리 아줌마는 만 년
후에도 팔뚝 굵었지

추수가 끝난 논
내가 뱉어 놓은 치아
열매 맺고 떨어지고 수없이 여덟 살 지나고
팽팽한 말머리 아줌마 나를 주시하네

구멍

우린 한마을에서
물을 길어 마셨는데
누군가 독을 탔니?
누가 독을 탔어?
몰살은 기록되지 못한다
스스로 멸종되고
출렁인다
우물은 마르지 않았다

—

맨발로 걷다가
사막에 자란 선인장을 밟았네
그로부터 사흘 후 땡볕 아래서
명을 달리했지 가슴 위 쇠 십자가 나를 달구고
뜨겁다는 감각이 사라지는 동안
나는 없는 것이 되고
잘 마르고 뼈와 살은 깨끗이 분리되고
바람과 곤충과 동물이 장사 지내는
하늘 아래

하늘 위

겨울 별자리 봄 별자리

돌고 새벽과 저녁을 건너

한낮의 별처럼

숨겨진 것들을 찾아

알록달록한 천을 강보 삼아

다시

——

낮을 부르는 부적을 품고

말없이 앉아 있는 노파

치유할 수 없는 발가락처럼

치명상은 연속으로 찾아온다 부적

몸을 지키는 이유는

살기 위해서입니다 무엇 하나 놓쳐서는 안 되는

여러 조각난 사랑 때문입니다

——

내 목숨을 취하기 위해서 오는 것은 무엇일까

무엇이 되었든 가장 다정한 얼굴로 오길

모래 언덕 위
서 있는 사내
고요하게 풍화되며

저승사자는 늘 개와 고양이의 얼굴을 하고 있다

청설모

쓸 수 있는 것은 뭐든 쓰도록, 몇 번이나 태어나는 동안 우리 손은 그릇 노릇도 할 수 있게 진화했다, 언제든 빌어먹을 수 있도록, 당신, 나의 친구? 우린 서로 도둑질하며 모른 척, 세상에, 너무 사나워, 너무 거칠어, 자주 뒹굴어서 그렇다, 집안은 두 번 이상 망했고 더 이상 가난해지지 않았으나 잃을 것은 그 외에도 많다, 언젠가 목숨을 잃을 것이고 그 밖에 더 잃을 것이 있다고 생각? 다시 태어나지 않기만 바라, 다시 잃을 것이 생기니까, 아프지 말고 다치지 말라고, 잃을 것, 잃어버릴 것, 그러니까 세상에,

우린 아종에 비해 몸도 두개골도 작으며 약하다*

* 두산백과(http://www.doopedia.co.kr) '청서' 항목을 참고하였다.

대가출시대

실려 갔습니다

개척시대에는 명예를 갖고 있는 자가 손해입니다
가고 있었다는 증거는 까맣게 탄 왼팔
붉게 달아오른 왼뺨뿐
한 방향으로 정렬하여 흐르는 시간
무서웠습니다

산 건너 대교와 도랑을 지나
비몽사몽 먼 곳으로
가족들이 깔깔대는 소리 점점이 멀어지고 보온병이 뒹
굽니다 스페어타이어와 진미오징어가 뒹굽니다 낮은 녹슬
었습니다 톱이 갈변합니다
라디오 고민 상담이 급발진합니다
아내는 집을 나갔습니다 어머니와 장모님이 집을 나갔
습니다 집이 짐이 아니게 되어 포장마차에서 매일 밤 흘립
니다 이랴이랴
주근깨 금발 아가씨 포장마차의 선두에서

일으키겠습니다 가게를 가계를 오랫동안 이야기합니다
고난을 괴롭을 그 끝에 홀로 남겨진 분연한 위인을 인디언
말이나 여왕의 말이나 텍사스의 사투리로 제각각 쓰이는
자서전을 오늘은 서로의 마음을 안주 삼아 마시고 늦게 잠
자리에 듭니다

　총과 화살을 겨누고 두 번 쏘고 한 번 맞고 세 번 쏘고
안 맞고 가끔 일타이피 방식으로 늘어나는 머리 가죽 토템
과 성물의 향연 속

　가까워지는 채찍질 소리
　누군가 앞장서긴 하나? 고삐를 잡은
　자는 아직 눈 뜨고 있나? 잠을 간청하는
　졸음쉼터에서 눈 떴을 때

　여행이었습니다

겨울나무

지금 내가 사람을 만들었다 아니, 아니, 낳지 않고 만들었다 사람이 어둠 속에서 걸어 나와 처음엔 어, 어, 했는데 곧 내가 빚었다는 걸 알았다

닮았다 이 벌판에 내가 가득하다고 생각하면 얼마나…… 쓸쓸?한가 외로움은 오래 징그럽고 억지로 사지가 잘린 나무 어, 그러니까 나, 나였다 모든 신파들이 벌떡벌떡 몸을 세우고 나는 잃어버린 것들이 너무 많아서,

자주 생각했다 저 손과 발이 없는 나무, 나는 보이지 않은 곳을 잘렸기 때문에 눈에 띄지 않고 없는 장기 몇 개 & 마음이 잘린 표면이 매끈 다시 되돌릴 수 없는 이식할 수 없는

내가 잃은 것들에 대해 기록하면 나를 따라 질질 발을 끄는 검은 자유, 무음, 하나하나 나였고 신파였으니 살린 가지, 뺏긴 목소리, 잘린 갑상선, 난소, 그리고 기타 등등

국민학생인 내가 백마 카페촌에 서 있어. 들어가지 못하

는 카페 입구, 음식 이름 옆에 적혀 있던 기타 등등이라는 글자 나는 그게 기타 치는 소리인 줄 알았지. 기타 소리 등등등…… 목소리도 없는데

　순진한 내가 떠나가는 동안 등등 속에서 사람들이 벌떡 벌떡 일어나 오래 징그러웠다

미로

　여행은 놀랍다. 건망증으로 매일이 새롭다. 등굣길에서 길을 잃고 철새가 방향을 잃는다. 한군데로 흘러들어 보호소에 앉아 있다. 커다란 새가 꼬마를 데리고 사라진다.

　눈을 가린 하루가 달린다. 컴컴한 생이 계속된다. 숲과 언덕을, 화산과 묘지를 질주한다. 농부가 발견한 미스터리 서클 건너 다시. 채찍을 잃어버린 나를 매달고 밤과 밤이 빙글

　머리카락은 자란다. 기네스북에 오를 숲이 우거진다. 잃어버린 길을 찾는 여행. 한가득 식충 식물. 멋진 제물. 내 머리 위에는 내가 서 있다.

　무작위로 선물받은 삶. 빈 상자에는 악귀가 자란다. 소년 미노타우로스의 적성은 괴물이 아니다. 성적기록부는 소실되었다. 멋대로 소질을 개발했다. 악한은 박력이 넘친다. 무엇을 할 것인가. 소머리 탈을 쓰자.

침착하세요 조용하게 지내세요*
— 박상영, 송지현(가나다 순)

어차피 인간의 일인데
우리는 그렇게 말하면서도 늘 일희일비
가여운 인생들
그러니까 말이야, 나는 이렇게 관심을 즐긴다는 걸 쿨하
게 인정하든가
속세의 영욕에서 멀어지고 싶어

사랑하는 너희에게 제안하고 싶어
관심병환우회를 만드는 건 어떠니
그러니까 말이야, 내가 들어가고 싶어서 하는 말은 아니
고……

누가 봐도 발라 보이는 연예인에게 달린 댓글
사랑 듬뿍 받고 자란 티 난다
나는 뭔가 뜨끔하다
나 티 나나?
드라마 리뷰에 '발암'이라는 댓글이 많았던 때가 있었
는데
내가 암 환자였어서 그런지 뜨끔했던 것처럼

OK?

오래 부모원망동호회에서 활동했지만
난 이제 탈퇴했어 원하는 만큼 사랑받지 못했지 나였어
도 별수 없었을 걸 동물을 껴안고 나는 나의 넘치는 사랑
을 배분하고
목욕하면서는 나도 모르게 혼잣말하는 거야
철수(고양이, 여)사랑동호회
효(안사람, 남)사랑동호회

어느 쪽이든 태도를 정하는 것은 멋지다고 생각해
나는 이것도 저것도 아니라
멍청한 댓글만

앞으로 어떤 사랑을 받든 우리 너무
놀라지 말고
체하지 말고
침착하자
앞으로 어떤 무관심을 받든 우리

(싸비)

* 축구 감독 박항서가 베트남 축구의 영웅이 된 뒤 고향의 친형에게 했다
고 전해지는 말.

장래희망
—내일 할 일

침대 위에 있었다
몇 날 며칠 가고 오고
이건 라텍스라고 라텍스인데
푹푹 꺼진다
늪인가?

나는 검고 너는 흰데
칼날 위에서 춤춘다
우린 서로를 발견한다
그걸 질병코드로 쓴다

신을 믿습니다 믿지 않습니다 과학을 믿습니다 믿지 않
습니다
나는 신과 과학을 모두 믿고
늪에서부터 일어나
무릎 꿇는다
모든 가능성을 활짝 연
내가 가장 강하다는 걸 믿나이다
나는 중년 남자의 모습이 아닐 뿐

파워풀

창구에서 보험금을 청구하듯
초조한 마음으로
청하오니

서른여섯 번째 몸은 거름
고무나무 숲에서 태어난
얼굴 검은 요정

간밤에 머리맡에 놓아두었던
팔을 찾아 끼우고
날아오를 준비함

맺음, 말
—하고 듣고

쓰는 건 내가 아닙니다 내 손은 언덕 너머에 있으니

누군가의 이력을 빌려 쓰는 글 몸 안에 축적되는 수은처럼

떨쳐 버릴 수 없어 뼈와 근육과 피 모든 유기물과 구분되지

않는 생 중입니다 노래입니다 뜻과 내용을

담지 않은 소리, 깍깍 혹은 으르렁대는 본능입니다 어린 날은

태어났고 볼거리를 잃지 않았습니다 맞지 않은 일기예보처럼

내일은 내일로 이어집니다 출근길에 길어지는 사람들 얼굴에서 날 읽습니다

5분, 4분, 전전 정류장, 서서히 다가오는 버스는 시간의 고체화, 올라탈 수 있는

물질, 몸, 화신, 신? 그 몸을 어디서 빌어 왔니 빌어 왔어 까꾸 띠끼는 중에

정류장과 편의점 사이로 떨어지는 포탄 아무도 신경 쓰지 않은 7시 55분

모두 건널목을 초조히 바라보고 부정 출발 직전의 스프

린터처럼

　긴장된 근육들이 1초와 1초 사이에서, 플랫과 플랫 사이에서

　귀 기울입니다 초록 옷을 입고 걷던 사람 탕, 하고 꼬꾸라진 오늘

　날씨 구름이 간혹 많고 많지만 간혹이고 나의 삶과 몸도 그런 식으로

　애매하게 쓰이는지 나는 자꾸 우물거립니다 당당하게 비가

　내린다고 말하고 싶었는데…… 슬리퍼와 드러난 발가락 사이

　끼어드는 구, 천, 사, 백, 일, 번—버스가 잠시 후 도착합니다 고요하게

　비를 기다리는 일상 구름 사이에서 포탄처럼 볕이 투하되고

　나는 나의 출발지를 적으려다 실패합니다

　남의 이름만 되뇌다 멈춥니다 유리 공장에서 잘린

　내 손목이 아직 언덕 너머에 있으므로

　시시각각 다가오는

숫자와 숫자
사고의 비약
연속

The Dreaming

최가은(문학평론가)

> 글쎄 인간은 다양한 방식으로
> 포로가 될 수 있다.
> ── 앤 카슨, 「와처」에서*

권민경이 자신의 두 번째 시집에서 '꿈을 꾸지 않기로
했다'는 고백을 전할 때, 그러면서도 꿈이 아닐 지금이 자
꾸 이상하다고 말할 때(「오후에 눈 떠 천장을」), 책을 펼친 독
자는 자연스레 시인과 꿈의 관계에 주목하게 된다. 더 이상
꿈을 꾸지 않겠다는 선언의 의미보다는, 꿈을 꾸거나 꾼다
고 여겼던 그의 지난 시간에 대해 먼저 알고 싶어지는 것
이다.

커튼 뒤에서 잃어버린 어제를 찾았죠. 베개는 얼마나 많은
꿈을 건져 냈나요. 머리맡엔 단단한 구름과 말캉한 악몽이 쌓

---

* 앤 카슨 저, 황유원 역, 『유리, 아이러니 그리고 신』(난다, 2021), 31쪽.

이고, 기억들을 팡팡 털어도 베개는 풍성해지지 않아요. 부풀어 오르지 않아요. 걸어온 길들은 푹 꺼져서 다신 되돌아오지 않아요.

(⋯⋯)

바뀐 요일을 입으면 기운이 새로 솟아요. 오늘 자고 일어나면 또 얼마나 열매가 많은 날이 펼쳐질까요. 얼마나 많은 잘린 머릴 목격할까요. 별들이 태어나고 숲이 타오를까요. 이 한 잠만 자고 일어나면⋯⋯

부러진 나무들이 일어나요. 번개가 기지개 켜요. 온 들판에 불이 일고, 우리의 수많은 잠들이, 꿈들이 하나하나 낯익은 얼굴이 되어 찾아와요. 못다 한 인사를 커튼 뒤에 감추고

나는 잠들기 전에 내가 가진 모든 하루를 생각해요.

──「안락사」에서*

권민경에게 '꿈'은 안락한 잠-죽음을 위해 베개가 견뎌내야 할 수많은 "잃어버린 어제"이자 "내가 가진 모든 하루"였다. 그러나 시인의 베개는 흐린 "기억들을 팡팡 털어" 낸 후, 단단하고 말캉한 모양으로 아무리 쌓아 올려도 도무지 풍성해지는 법이 없다. 우리가 그의 허술한 베개에 나란히 머리를 뉘인 채로 "다신 되돌아오기 않"을, 푹 꺼진 지난

---

* 권민경, 「안락사」, 『베개는 얼마나 많은 꿈을 견뎌냈나요』(문학동네, 2018), 80쪽.

길을 계속해서 되돌아봐야 했던 이유도 그 때문이다. "말캉한 악몽" 속 우연히 발견한 어제의 새로운 목소리는 우리 모두의 악몽 같은 어제 역시 견딜 만한 것으로 만들어 주었다.

그런 그가 이번에는 꿈을 꾸지 않는 세계에 대해 노래하겠다고 한다면, 그것은 꿈의 포로였던 지난 시간을 안락한 죽음의 영역에 보존하고, 마침내 침대의 바깥에서 "바뀐 요일"을 새로이 걸쳐 입겠다는 선언일지도 모른다. 잃어버린 어제의 포로 자리를 벗어나, 많은 잘린 머리와 많은 열매를, 태어나는 별과 타오르는 숲이 있는 '내일'을 똑바로 마주하며 살아가겠다는 시인의 새로운 의지 말이다.

*

그런데 『꿈을 꾸지 않기로 했고 그렇게 되었다』의 화자는 "내일은 희망 같은 게 아니다/ 겨우 그게 아니야"(「무게」)라고 말한다. 그에게 꿈과 현실, 어제와 내일이라는 '겨우' 그런 구분과 그 구분 속에서 최선을 선택하는 일 따위는 중요한 문제였던 적이 없다. 꿈꾸기를 거부한 권민경의 화자는 어설픈 희망을 위해 내일을 향하는 대신, 자신이 직접 꿈이 되기로 한 것처럼 보인다. 본 시집에서 이례적으로 긴 호흡을 보여 주는 표제작은 꿈을 꾸지 않기로 했다는 선언이, 곧 그 꿈이 '되었다'는 고백과 동의어일 수 있음을 나지막이 암시한다. 시인은 이전과는 다른 방식으로 다시 한번 제 꿈의 포로가 된다. 그의 꿈-화자는 주로 공중이 아닌 거리에 있다.

언제 비가 왔다
나는 오래된 나를 떼어 놓고
이곳저곳 헤맨다

깨어서도 꿈꾸는
사람들 멀리 간다 예상하지 못한 곳으로
폭풍과 비단길 지나
사막을 걷는다 걷고 걷다
몸으로 돌아오는 길을 잃는다면
죽는 거지 섭씨 42도
빨갛게 익은 빈사의 혼

(……)

오랫동안 눕혔던 몸 일으켜
소중한 걸 잃은 것처럼 먼 곳 본다
무릎으로 기어 밖을 본다

일렁거리던 숲 일렁이는 열사

낯선 풍경

무릎의 존재감

심하게 앓다 일어나면 오전인지 오후인지

하루가 아득하고 생이 먼데

그린다 내가 아름답지 못한 몸에서 일어나

동굴 벽 스케치북 아이패드 아아니 무한대의 캔버스

따라 해 보세요 참 쉽죠 쉽죠

제멋대로 진도를 나가며

(……)

누워서 바라본 달 너무 빨리 지나간다

밤은 짧고

몸에 푸른 멍이 하나둘

나는 너를 잊을 것 같아

너무 빨리

　　　　——「꿈을 꾸지 않기로 했고 그렇게 되었다」

　　　　　　　　　　　(이하 「꿈」)에서

언제인가 비가 내린 것도 같은 길 위에서 '나'는 오래된 '나'를 떼어 놓고 이곳저곳을 헤매는 중이다. 이 길은 "깨어서도 꿈꾸는" 사람들이 향하는 멀고 굽은 길이자, 몸으로 되돌아오는 길을 잃으면 죽음을 마주할 수도 있는 생사의 경계이다. 이러한 장면이 우리가 잘 아는 꿈의 의미를 상기하기는 하지만, 많은 이들이 매일 밤 죽음을 담보로 도약하는 바로 그곳이 권민경의 '꿈'인 것은 물론 아니다.

대개의 꿈이 현실의 조악한 모방이거나 말캉한 악몽임에도 불구하고, 우리는 꿈(dream)을 꿈된 세계(utopia)로 희망하길 멈추지 않는다. 현실의 '나'와 현실이 아닌 '나'의 괴로운 간극을 메우기 위해, 또는 적나라한 눈앞의 진실을 외면하기 위해 우리는 종종 꿈-죽음을 현실과 교환하곤 하는 것이다. 반면, '꿈'이 된 권민경의 화자는 꿈을 꿈이 아닌 시간과 교환하지 않는다. 대신 그의 꿈은 꿈과 겹침의 시간을 이룬다.

*

꿈과 꿈 아닌 것, 그들 간의 교환이 아닌 겹침은 '나'의 몸을 통해 가장 먼저 증명된다. "고통, 지금이 날 만든/ 고통?"(「사단법인 취업 지침」)이 내 몸의 구성체이자 때론 내 몸을 직접 가리키는 지시어이기도 하다는 사실을 부정하면서도, "엄마 괜찮아졌다고 생각하지 마 히키코모리 생활을 끝냈다고 내가 다 나은 건 아냐 오늘 열심히 일하고 집에 돌아오는 길/ 가슴을 찢을 거니까"(「담담」), 다시금 그것의 실감을 위해 통증의 실체를 증명해 내야 하는 '나'의 고통스러운 몸이 있다. 꿈이 된 화자의 걸음은 "배나 목의 수술 자국"이 여전히 선명해서 사람들의 "수군수군 자와자와" 소리가 향하는 '나'의 몸, 슬픔이 "내부의 점 같은 것"이라면 그런 점을 내장에 여러 개 지니게 된 '나'의 몸(「담담」)과 홀연히 결별할 수 없다는 사실을 분명하게 마주하면서 이루어진다.

나한테 개구리알 냄새나니?
왜 있잖아
비릿한
강아지, 땀, 오늘 겪은 일들
냄새나니?

양팔에 코를 대고 쿵
쿵

─전자키─빛─별자리
손가락의 궤적을 따라
밤 안으로

내 별에선

이끼 냄새,

나니?

—「퇴근」에서

　권민경의 꿈에서는 개구리알 냄새와 같은 비릿한, 강아지, 땀, 오늘 겪은 일들의 냄새가 뒤섞이며 육박해 온다. 그것은 '나'로부터 발산하는 냄새이며, '나'를 구성하는 냄새이자, 돌연 '나'를 초과하여 다시금 '나'를 가격하는 냄새로서, 그것으로 이 세계를, 세계와 연루된 존재인 '나'를 감각하게 한다.

　이처럼 부정했으나 부정될 수 없는 내 몸의 실체가 꿈의 시간으로 분명하게 침투한 순간을 '꿈-신체'로 인지할 때, 독자는 시인의 '꿈'이 펼쳐 보이는 여러 장면을 '꿈을 꾸다'라는 정적인 행위 너머에서 감지할 수 있게 된다. "낯선 풍경" 속에서도 끝없이 상기되는 내 "무릎의 존재감"은 제멋대로 진도를 나가려는 "무한대의 캔버스"인 꿈속에서도 우리의 짧은 밤이 결코 무한할 수 없다는 사실을 알려 온다. 그런데 이 유한한 밤은 정확히 무엇의 겹침(들)인 것일까.

*

　과학과 시 양자는 번역하는 과정에서 배반을 당할 준비가 된 언어들이다. 하지만 그것의 뿌리는 우리 세포조직을 관통해 뻗어 나가고, 뿌리 깊은 의미들은 우리를 비옥하게 만들며 우리 의식에 와닿고, 서로가 서로에게 가닿는다. 그것들은 만남의 장소가 된다.*

미국의 시인이자 페미니스트인 뮈리엘 뤼케이서는 자신의 시 세계에 관한 한 에세이집에서 다음과 같이 말한다. 과학과 시란, 번역의 과정에서 언제나 "배반을 당할 준비가 된 언어들"이며, 그러나 바로 그 때문에 "만남의 장소"가 될 가능성이 있다. 배반의 가능성을 지닌 과학과 시의 뿌리가, 무려 우리의 "세포조직을 관통해 뻗어 나가고" "우리를 비옥하게 만들며" 결국 "서로가 서로에게 가닿"게 할 것이기 때문이다. 이 범상치 않은 어휘들의 조합은, 시와 과학의 언어가 우리의 세포조직에, 우리의 성장에, 우리의 의식에 여하간 매우 끈적하고도 질긴 방식으로 얽혀 있다는 인상을 전달한다.

인간과 인간을 둘러싼 환경을 분리된 것으로 여기지 않으면서, 인간을 넘어서는 세계와 인간 신체성이 맺는 물질적 상호연결을 중시해야 한다는 주장을 일관되게 제출해 온 스테이시 앨러이모는 우리의 신체와 관계 맺는 살(flesh)

* Muriel Rukeyser, *The Life of Poetry*, Ashfield, Mass.: Paris Press, 1996, p. 162.(스테이시 앨러이모 저, 윤준·김종갑 역, 『말, 살, 흙』(그린비, 2018)에서 재인용, 138~139쪽.)

과, 흙, 그리고 말에 대해 이야기한다. 수전 스콰이어, 낸시 투아나 등 여러 페미니스트 환경정의/ 환경운동 이론가의 논의를 비판적으로 전유하는 작업을 통해, 그는 "본질주의적이지도 않고 유전적 결정론이 아니며 경계로 구획되지 않은 몸"* 그 자체에 집중하고, 그것의 작용과 변형에 관계하는 여러 사회적 권력과 지식, 물질의 방대한 연결망을 고발한다. 몸이 기후, 환경, 과학, 의학, 그리고 언어와 맺는 관계, 나아가 자신의 비평이 입증하듯 특히 문학 언어와 맺는 독특한 관계를 밝혀내기 위해 그는 이론적 장소로서의 "횡단-신체성"(19쪽)이라는 개념을 주장한다. 이러한 문제의식을 바탕으로 앨러이모가 희망하는 것은 인간 몸을 극도로 담론적인 것으로, 혹은 극도로 본질적인 것으로 정초하는 수많은 사회운동의 인식이 심오한 변화를 겪는 것이다. 이를 위해서는 현재 우리의 상상력을 완전히 재맥락화할 훨씬 광범위한 인식론이 요구된다.

권민경 '꿈'의 저 이상한 겹침은, 즉 그의 꿈-되기는 일종의 그러한 새로운 인식론을 상상할 여지를 제공한다. 특히 그의 꿈은, 언어가 가능성에 대한 우리의 감각을 구조화할 뿐만 아니라, "물질적 조건들도 우리가 언어로 표현할 수 있는 가능성을 형성하고 또 재형성한다"(36쪽)는 사

---

* 스테이시 앨러이모 저, 윤준·김종갑 역, 『말, 살, 흙』(그린비, 2018), 159쪽. 이후 인용 시 페이지 수만 표기.

실을 여러 방식으로 증명해 보인다. 몸을 매우 느슨한 개념으로 인식하는 그에게 몸과 몸을 둘러싼 세계에 관한 모든 과학적이고, 때론 시적인 서술들은 그 자체로 고정된 사실일 수 없다. 그에겐 때때로 "몸의 시작과 끝은 같으며"(「니트」) "시작과 끝은 외부의 힘에 의해 결정"되는데, 이러한 가운데 '나'는 몸에 대해 무엇을 믿어야 할지 알 수 없다. "해가 뜨고 진다는 것도/ 아기가 죽고 신이 있다는 것도/ 엄마아빠의 자식이며/ 나 자신의 몸을 움직이는 게 내 영혼이라는 것도"(「새해」) 모두 불투명하다. 절대적이고 확실한 '비/과학'의 언어는 이곳에 없는 것이다.

지금의 말보다 더 쫀득한 말을 혀 위에 굴리고 싶어. 아빠의 협심증과 혀 밑에 넣고 있는 니트로글리세린. 그런 짜릿함을 혀 위에 굴리고 싶어. 니트로글리세린이 폭발하기 전에 혈관을 확장시켜 주러 왔어요. 고마운 일이지 고마운 일이야. 나는 화학적이고 물리적인 인사를 하고 싶지만. 그런 말을 모르니까. 알고 싶어 죽겠으니까. 차라리 외국인처럼 말하고 싶어. 불가리아나 과테말라의 말. 언어가 아닌 습관을 말하고 싶어. 태도를 말하고 싶어. 기후와 풍토를 말하고 싶어.

(……)

먼 곳까지 닿고 싶어.

— 「노벨 화학상을 받을 노래」에서

그럼에도 그의 '꿈'은 과학의 언어를 필요로 한다. 그것은 아빠의 협심증을 치료하는 것이 니트로글리세린이며, 아빠의 체내에서 니트로글리세린의 에이전트(agent)가 전환되어 혈관 확장이 이루어진다는 "화학적이고 물리적인" 과정 때문만은 아니다. 아빠의 혈관을 확장하는 것은 니트로글리세린의 작용과 더불어 '니트로글리세린'이라는 과학의 말을 혀 위에서 굴려 보는 '나'의 습관, 굴리고 싶은 '나'의 소망과도 무관하지 않다. 이렇게 몸과 마음, 마음과 몸, 과학과 과학이 아닌 말들이 겹치며 어떤 작용이 생성된다.

이 '나'의 "(몸-인용자)마음을 구성하는 일부"에는 "먼지, 가스"와 더불어 "포자처럼 우주에 퍼지는/ 별의 씨앗"(「초신성」)이 공평하게 작용한다. 말 그대로 온전한 수학이 아니지만 과학도 아닌, 거기다 시적 은유와 학술적 인용마저 빠진(「사랑 ○○○」) 혼잡하지만 분명한 겹침이다. 그런데 우리가 주목해야 할 것은, 화자가 이들 구성 요소 중 유독 "그때 마신 유해가스가 한아름"(「초신성」)이라고 말하는 지점이다. 이때 그의 추상화된 몸-마음은 기실 어떤 과거의 체험과 체험의 축적물이기도 하다는 사실이 폭로된다. 이 세계에는 분명 "어떤 작용이/ 어떤 작동이/ 지구와 인간 사이에/ 기계와 인간 사이에" "보이지 않지만 늘 존재"(「N극이 자기」)하고, 뚜렷한 언어나 형체가 없는 그것은 제 나름의 역사와 실체를 지닌다.

그 체험(들)은 꿈-화자를 계속해서 침투하는 '나'의 "아름답지 못한 몸"과 냄새를 만든다는 점에서 현재적이다. 이 과정은 내 "고막을 찢고 몸 안으로/ 안으로 자라는 가지"가 "속부터 파먹고 다시 모든 구멍으로 기어 나오는 넝쿨들"이 되는 과정처럼 어지럽다. 끝없이 상기되는 '나'와 '나' 아닌 것들 간의 어지러운 얽힘은 시집 전체를 통과하며 불/연속되는 화자의 정체만큼이나 그것과 항상 '만남' 중인 환경의 의미를 더욱 구체적으로 들여다보게 한다.

벚나무, 초등학교, 까치와 까마귀의 영역 다툼, 바뀌지 않는 횡단보도, 건너편 5단지, 건너편 화이트빌라, 하얀마을 6단지 사람들의 출입을 금지합니다, 라고 쓰여 있는

50년 임대 아파트, 하얀, 마을, 굴처럼 조밀하게 뚫린 창문과 용도를 알 수 없는 의자들, (……) 자주 고장 나는 엘리베이터, 없는 사람, 없는 사람, 헛짖는 개

──「꿈」에서

너는 다른 사랑으로 향하고
난 내 자그만 임대아파트
바퀴벌레를 몰아내고 내가 서식하는
곳으로 가는데

우리 동네 이름은 하얀 마을
이럴 수가 이럴 수가

믿을 수 있어?

─「N극의 자기」에서

길, 유목, 메뚜기 떼, 도래지
일산에서 안산으로 안산에서 성남으로
이런저런 곳 옮겨 다닐 뿐
영혼이 쫓아오지 못하는 곳에서 나는

─「사단법인 취업 지침」에서

　내가 사는 이 하얀마을 6단지는 바뀌지 않는 횡단보도
와 자주 고장 나는 엘리베이터, 굴처럼 조밀하게 뚫린 창
문을 가진 임대아파트이며, 누군가로부터 출입을 금지당하
는 집단의 다른 이름이다. 내가 거하는 장소의 성격은 나
의 "길"이 "일산에서 안산으로 안산에서 성남으로" 옮겨 다
니는 "유목"의 형태인 이유와 무관하지 않다. 꿈-화자가 자
신의 몸을 통해 은근히 가시화하는 것은 단순한 운의 문제
처럼 보이는 이 연결들이 실상 특정한 구조적 문제에 연루
된 결과라는 사실이다. '임대아파트'가 누군가에게 출입을
금지당하는 집단의 다른 이름이라는 사실은, 그것이 화자
의 일터와 가까운 곳에 마련될 수 없다는 사실을 정당화하
며, 이는 결과적으로 '서울' 주변의 도시들을 '유목'의 형태
로 옮겨 다니는 화자의 몸을 생성해 낸다.
　몸의 변형과 작용에 대한 이러한 의식은 '유전'과 '유산'

의 의미 역시 결정론과는 다르게 배치한다. "조용한 부모들 사이에서 자란 과묵한 불똥"인 '나'의 몸에는 그러나 그 조용함 속에서도 아버지가 어머니의 이름을 부르지 않고 "자네, 혹은 헤이라고 불렀"던 기억이 개입하고, 그 기억에 따라, 혹은 그 기억을 거스르며 "눈을 감고/ 너의 호칭을 상상"(「불꽃 축제」)하는 나의 과묵한 습관이 흡수된다. '말'들이 내 '살'과 얽히며 만들어 낸 '나'의 몸은 또한 '흙'의 증거이기도 하다.

> 그래서 이렇다 엄마는 날 이상한 걸로 낳고 싶지 않았지 보통으로 키우고 싶었고
>
> 사 줬어 책, check
>
> 그게 내 숲
>
> 죽은 나무들이었지만
>
> 누군가 거기 있었다는 증거
>
> ──「무게」에서

엄마가 '나'를 보통으로 키우고 싶어서 사 주었던 책은 단지 책-언어로서만이 아니라 죽은 나무들의 흔적으로 남고, 더 나아가 '나'의 몸에, 누군가가 한때 거기 있었다는 명백한 증거가 되어 '나'를 이 꿈-세계로 불러내는 원인이자 결과가 된다. 이 모든 말, 살, 흙, 시와 과학이 얽히고설킨 상태로서의 꿈-화자는 현실과의 단순한 거래 없이 자신

이 직접 꿈이 되어 그 꿈을 걷는다. 마침내 권민경의 화자가 "이 모퉁이 돌아" 내가 마주하는 것이 결국 '나'이며 "세상은 나로 가득 찰 거야 펼쳐질 거야/ 열사 바람 식물성도 동물성도 뛰어넘은/ x들의 근본 y들의 기원"(「꿈」)이라고 말할 때, 여기에는 결코 자아의 비대한 확장이라고만 볼 수 없는 무시무시한 연결망, 즉 그 자체로 횡단하는 신체가 있는 것이다.

*

하지만 '꿈'이라는 것은 얽힘의 신체를 다시금 초월과 추상의 영역으로 유폐할 가능성이 있다. 결국 우리는 시집을 향한 최초의 질문으로 되돌아온다. 이 모든 겹침은 어째서 꿈을 부정한 꿈의 형태가 되어야만 했을까.

닮았다 이 벌판에 내가 가득하다고 생각하면 얼마나……쓸쓸?한가 외로움은 오래 징그럽고 억지로 사지가 잘린 나무어, 그러니까 나, 나였다 모든 신파들이 벌떡벌떡 몸을 세우고 나는 잃어버린 것들이 너무 많아서,

자주 생각했다 저 손과 발이 없는 나무, 나는 보이지 않은 곳을 잘렸기 때문에 눈에 띄지 않고 없는 장기 몇 개 & 마음이 잘린 표면이 매끈 다시 되돌릴 수 없는 이식할 수 없는

내가 잃은 것들에 대해 기록하면 나를 따라 질질 발을 끄
는 검은 자음, 모음, 하나하나 나였고 신파였으며 잘린 가지,
뺏긴 목소리, 잘린 갑상선, 난소, 그리고 기타 등등
　　　　　　　　　　　　　　　　　　　　　──「겨울나무」에서

　　화자는 '나'는 잃어버린 것들이 너무 많고, 그 모습은 쓸
쓸함과 외로움이라는 징그러운 무엇이기보다 "사지가 잘린
나무" "손과 발이 없는 나무"에 가깝다고 말한다. 그런데 그
들과 달리 "나는 보이지 않는 곳을 잘렸기 때문에" 내가
잃은 것들은 눈에 띄지도, 또렷하게 기록되지도 않는다. 그
럼에도 잘린 표면이 되돌려질 수 없다는 사실이 계속해서
명백해질 때, '나'는 그런 '나'를 벌려 보인다. "닥터"를 향
해 장기를 몇 개 꺼내 보이고, "영과 혼을 디피"한다. 그 생
생한 '나'의 몸을 사이에 두어야만 "여럿 닥터와 닥터 사이
에서" "투명한 장수들" "투명한 의료진" 가운데 온갖 불꽃
이 일어날 것이며(「밑천」), 그때 보이지 않는 '나'의 뺏긴 목
소리, 잘린 갑상선, 난소, 그리고 기타 등등이 비로소 나를
따라 질질 발을 끌며 검은 자음, 모음, 그리고 신파의 형태
가 되어 줄 것이기 때문이다. 그리고 그 모든 것은 권민경
의 '꿈'이라는 바로 "그 책"으로 쓰인다.

　　이 다큐멘터리는 가공되어 있다

빛과 그림자로 완성되고
당신을 무시하며 당신을 향해 있다

(……)

촥촥
이것이 나만 할 수 있는 노래라고 거대한 이름들에 속삭
였어
감히 다큐
손수건은 건조했고 내 페이지는 축축
넘어가지 못하고 달라붙어서 마주 보는 얼굴에 서로의 이
름 새기고

물려받은 검은 가지
모든 당신들에게 뻗는다
우리가 마주친 곳은

—

왼쪽으로 촤르르륵
흰색 검은색 흰색 검은색
반복되는

　　　　　　　　　　　　　　　　—「그 책」에서

시인은 더 이상 꿈을 꾸지 않는다. 그는 "감히 다큐"를 원한다. 그러나 '나'의 장기와 냄새가, 잘린 표면이 적나라하게 개입하는 "이 다큐멘터리는 가공되어 있"으며, 가공됨으로써만 완성될 수 있다. 다큐멘터리로서의 몸과 가공된 다큐멘터리로서의 꿈이 겹치는 시간, 시집을 읽는 내내 우리는 그런 꿈의 세계에 있었던 것이다.

효 나는 내가 죽지 않았음 좋겠어
멍이 오래 든 밤

(……)

바다거북 죽고 나서도
나는 살아 있음 좋겠어

모든 장례를 다 치르고
눈과 비를 맞는 동안

육체에서 벗어난 나는
없음으로
없는 나로
남았음 좋겠어
효가 죽어도 난

살아 있는 밤

사랑하는 밤이라

불렀음 해

(……)

100년이 지나 비가 내리고

——「꿈」에서

   권민경의 '꿈'은 '짧은 밤'을 가로지른다. 이 유한한 밤은 우리의 몸이 감각하는 제 몸의 시간이기도 하다. 더불어 권민경의 '꿈'은 이 유한한 밤이야말로 우리가 꿈이 되게 하는 시간이라고도 말한다. 우리의 몸을 통과하고, 우리의 몸이 통과해 내는 말과, 살과, 흙을 거침없이 횡단하는 그의 꿈을 통해 우리는 "100년이 지나 비가 내리고" "바다거북 죽고 나서도", 사랑하는 "효가 죽어도" "살아 있는 밤"이라는, "사랑하는 밤"이라는 그 꿈된 세계를 살아 볼 수 있다.

지은이   **권민경**

2011년 《동아일보》 신춘문예를 통해 작품 활동을 시작했다.
시집 『베개는 얼마나 많은 꿈을 견뎌냈나요』가 있다.

꿈을 꾸지 않기로 했고 그렇게 되었다

1판 1쇄 펴냄 2022년 3월 25일
1판 3쇄 펴냄 2023년 3월 27일

지은이 권민경
발행인 박근섭, 박상준
펴낸곳 (주)민음사

출판등록 1966. 5.19. (제16-490호)
서울특별시 강남구 도산대로1길 62(신사동)
강남출판문화센터 5층 (06027)
대표전화 02-515-2000 / 팩시밀리 02-515-2007
www.minumsa.com

ISBN 978-89-374-0916-5 04810
      978-89-374-0802-1 (세트)

민음의 시

민음의 시
목록